廢墟的故事

鄧觀傑

名家推薦短語

觀傑的小說，令我感覺相當奇妙。故事在開始時，往往給我們似曾相識的擾動，但在某一轉折後，又帶來嶄新的衝擊。特別令我讚賞的，還有在「不以文害意」與「不以意勝文」之間的幽微平衡。梅爾維爾最無與倫比的一面，在這裡一明一滅，為陷入沉默的人們，打出既美麗又響亮的旗語與暗號。

——小說家　**張亦絢**

跨國界的經驗與思考，對文字的敏感與勇敢，捶打多種敘事方式，然後把故事（和它的細節）說得至為精采。

一位來自熱帶小鎮的青年小說家，擁有豐饒的童年存摺，提著林語堂的打字機，如同新版的哥吉拉般轟轟隆隆地殺到了。

——小說家　**陳雨航**

《廢墟的故事》是一部不為遺忘、卻是告別的短篇集。故事魂語，似為作者告別了馬華記憶，反以家族之名，撿拾所有人終將遺落在原鄉的身分謎圖。如此告別之後，那些令人驚豔的靈光種籽，總會在廢墟之壤冒芽，即便遭遇燒天的焰，灰燼散落，也是一朵朱槿大紅花的未來沃土。

——小說家　**高翊峰**

成熟的敘事，來自往復的斟酌審定；殊異的聲音，來自漫長的自我鍛鍊。作家的第一本書，記述家庭，追溯家族，乃至在故土與新故土之中思索國族身分，藉由承襲覆議的文學技藝，深刻探問馬華懸而未決的未來命運。精準的迷路，認真的對決，故事開始之前，都將先以故事完成自我。

——小說家　**連明偉**

當他們自夜闇的酒館離開，鄧觀傑正翻身躍進文明的廢墟。時間編織空間，於是「此身」的出與入，困與逃，離別與歸返，成為把握小說的重要線索。糞坑，縹緲的巴黎，漂流的打字機，荒蕪的樂園，倒閉的電影院，觀傑展現矯健身手，在廢墟流觀與漫遊。那讓人想起鄂蘭對班雅明的評價：「有如潛入海底的採珠人……從深處將珍珠與珊瑚取回海面。」

——小說家　**陳柏言**

目錄

怪物、寫作機器與廢墟——序鄧觀傑《廢墟的故事》

黃錦樹（暨南大學中文系教授）

一九九三年出生的鄧觀傑屬九〇後，小我二十六歲，是旅台最新一代的小說作者。雖然同樣是經由文學獎而進入文學場域，但在台灣的文學獎朝向參賽資格限定「本國籍」之後，台灣的文學獎扮演的角色或許已不再那麼顯眼。從觀傑的資歷來看，所獲三個文學獎橫跨馬、港、台，也都是以大專生為對象的文學獎。二〇一三年，二十歲那年獲馬來西亞花蹤新秀文學獎小說首獎，初試啼聲（該篇作品沒收入本小說集[1]）。四年後，二〇一七年香港全球華文青年文學獎小說組首獎。二〇一八年印刻文學超新星文學獎首獎的作品，原係同一年政治大學道南文學獎的首獎作品，差不多可說是台灣的全國大專生文學獎。

這本小說集收入的是作者第一個十年的習作。只有八篇，數量上不甚多；但作為一個上大學才開始學習寫小說的新人，進步卻相當顯著——他很快就掌握了小說的基本技藝、節奏，甚至展現出自己對小說的獨特的感覺，這是相當難得的。這些小說大都寫得不錯，看得出才情和潛力。同樣就第一本書做比較，鄧觀傑甚至比龔萬輝和張栢榗還老成、老練些。

多數篇章都以主觀第一稱觀點展開敘事（只有〈樂園〉除外），多篇有台—馬雙鄉的結構（除了〈故事總要開始〉），不難看出經驗的對照給予的啟發。小說的家庭劇場，父親要麼缺席，或處於不重要的邊緣位置，這也是頗耐人尋味的。

從這些作品裡（除了其中的兩篇），我們可以看到三個主要的裝置——怪物、文字機器、廢墟——有時是同時起作用，有時是單獨起作用。用作書名的〈廢墟的故事〉即同時包含三者，故容後討論。

二〇一七年的得獎作〈Godzilla與小鎮的婚喪嫁娶〉是篇力作，藉由怪物Godzilla（電影裡災難的想像，同時是具有世代指標意義的流行文化指標）來敷衍一個小鎮的變遷、人物的成長代謝。電影院、麥當勞的引入，是都市化（資本主義化、「發展」）的深化，直接衝擊小鎮的日常生活、衣食住行。穿插著許多鄉土小說常見的情節，「我」成長，祖母老去，電影銀幕上的哥吉拉影象、作為麥當勞贈品的塑膠哥吉拉「實體」；最終，它彷彿幻化潛入地底，淘空了小鎮，讓它一步步成為廢墟，就像那沒有如願「一直開到後山芭去，帶旺這一帶鄉鎮」的火車頭，那一度熱鬧的電影院、舊街場，它們要麼消失，要麼成了廢墟。作為小說，它以婚禮和葬禮的荒謬同時性成功的營造出鬧劇狂歡，哥吉拉退居幕後——即便是新版的——過於擁擠的小鎮已容不下它，它自身也無可奈何的廢墟化。

〈樂園〉的遊樂園裝置，作為殖民現代性的隱喻，一種機械裝置，它是能帶來歡樂的現代「怪物」。一種超現實的存在，它龐大、它能移動、它內含鬼屋，它成為「建國」實質的家。「白天以生鏽鐵器拼湊而成的廢墟，到夜裡就一洗頹像」，它會發光。時移事往，衰敗之後，「矗立的樂園忽然變成了一塊巨大的廢墟」，在那廢墟的廢棄鬼屋裡，幻化演出馬共的森林劇場。當然，那早已是大馬歷史的廢墟了。那廢墟，在〈故事總要開始〉裡重演了一次。在那篇晦澀的政治寓言裡，革命那怪物引發的狂火意外的燒遍馬來半島，一切燒盡之後，餘下的，除了廢墟還能是甚麼？

兩篇〈林語堂的打字機〉都直接關涉「寫作機器」。身為五四散文名家，林語堂和南洋的淵源，最主要就是受邀到星加坡擔任南洋大學首任校長，不到一年就灰頭土臉的被掃地出門（當然和當時的冷戰政治、星洲的左翼狂潮有直接的關係）。小說關切的不是林語堂與南洋，而是掛著林語堂名義的中文打字機[2]。新文學名家、那一代最成功的英語作家去發明中文打字機，這事本身就富傳奇意味。那讓林語堂盡心力的機械裝置是個現代夢想、神奇裝置，當然也是個「怪物」（尤其在鄧觀傑的小說裡）。因無法量化生產，林語堂的中文打字機原型機最終其實成了奢侈的廢墟。而觀傑小說裡的林語堂的打字機比較像是架自動書寫機器，一台超級電腦，臆想它可以讓不能言者言，讓不可說的變得可說，並給予說者啟示：「我將最私密不堪的記憶與經驗交給他，他就會借我母親的語言，以此為我個人的困境指引出路。」那也涉及寫作的救贖與倫理：「弟弟既然無法言語，我的記憶也不可靠，我所寫出並讀到的一切，都可能是出於先生和打字機所杜撰的故事。故事就是故事，文字就是文字，相信兩者與救贖的相連，和母親的迷信相差無幾。」從存在的廢墟裡汲取意義，救贖與否，是信仰層次的問題了。從這個角度來看，對他而言，所有的故事或許無非都是某種意義的「廢墟的故事」。

〈廢墟的故事〉以校園廢墟為舞台，把故事的竊取／挪用（從經驗的廢墟）、諸多廢棄物組成的巨大垃圾怪物、文字機器（電腦）、電玩遊戲（降落的磚塊）和打字（練習）、網路色情和現實的惡，全都堆疊在一塊，互為隱喻。作者對寫作的看法可能具現於此了。它或許也反省了，八〇年代末電腦普及後，手稿時代遠去，之後的寫作者不可能不學中文電腦打字（某種形式的林語堂的遺產），「文字機器」在寫作中扮演了越來越重要的角色。個性化的筆跡消失了，直接轉化為普遍、無個性的印刷體，可以直接移轉進網路空間。手與字之間的直接性消失了。某種感性的廢墟或許早就先驗的形成了。

然而，從經驗的廢墟汲取詩意是可能的，否則就不存在寫作。寫作可以是遊戲，當然也可以是一個重建意義的過程。

最後，談談剩下的兩篇沒有明顯的前述的三個裝置的。〈巴黎〉是篇可圈可點的抒情喜劇，藉由抽菸這回事，串聯起敘事者與外祖父的情感聯結，外祖父話語裡膨風的「巴黎」恰因其為空洞的能指而富含趣味。那外祖父，處於廢墟般的餘生，在親屬關係中已是標準的廢棄物，家屬避之唯恐不及。那根溫情的菸，燃起的是意義。〈洞裡的阿媽〉以典型的雙鄉對比、第一人稱展開。曾經跳進化糞池自殺的母親（不言而喻的陷於婚姻廢墟困境）、在台北蟄居公寓廁所的「我」，都努力克服身陷的窘境。小說最出色的部分是「化腐朽為神奇」，賦予廁所一種「家」的莊嚴感覺。故鄉的糞坑／他鄉的廁所，落後／進步，我們／你們，系列差異的對比；生活就是適應。母語，中文，一個個方塊，以文字機器逐一打出來：

有時我吃著自己在廁所裡煮出來的羅宋湯和牛排，心裡會顫顫地覺得感動欲泣。我告訴自己，我終於遠遠地離開了糞坑。重新學習我的母語，變成你們的樣子。

超越小說自身的脈絡，最後一句應做：「重新學習我的母語，抵達你們難以想像的遠方。」

2021/4/18

1. 題為〈搬家〉，收入《後浪文集》（星洲日報，2015:83-89）這篇小說簡單了些。

2. 林語堂在一九四六年發明了「明快」打字機，為了它，耗盡積蓄。關於這事件的簡要討論見石靜遠〈林語堂與「明快」打字機〉，王德威主編，《哈佛新編中國現代文學史》（下），麥田出版社，2021:49-54。當然，在林語堂之前就有人嘗試發明中文打字機。關於中文打字機發明的簡要歷史，參維基百科「中文打字機」辭條。

阿蔡對我說：「走吧，你難得回來看我，我帶你回去看看。」

我們踩過不同的垃圾、斷掉的樹枝和破碎的地磚，一步一步走向走廊幽暗的深處，指著新電腦，告訴我這是他寫稿的地方。打開的word檔視窗後面是批踢踢的界面，我皺眉，問他：「你又開始偷人家的故事了？」

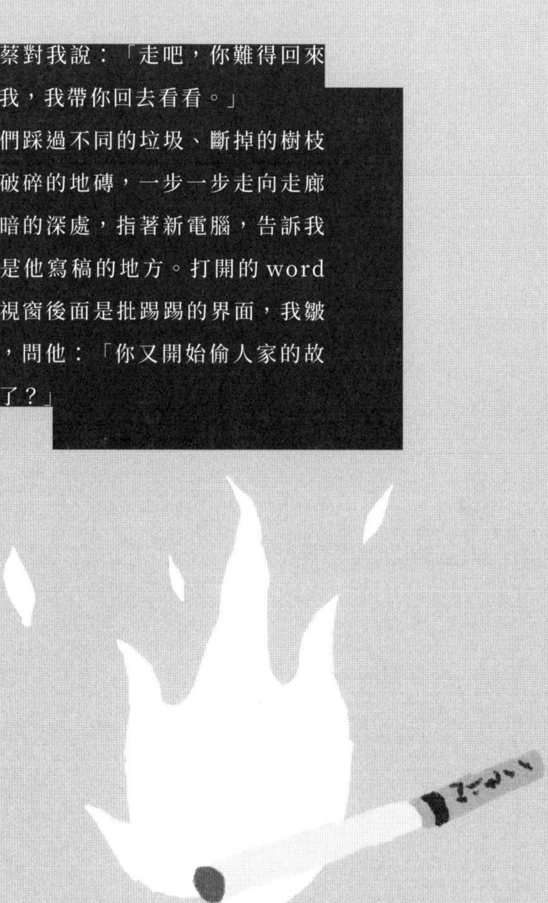

故事的廢墟

室友阿蔡告訴我，故事的盜取者必有矯健身手。

第一次聽見這句話，我以為他正在說出一種隱喻，一種為他所捲入的抄襲事件而提出的藉口。可是當我想起自己眼睜睜地看見室友阿蔡一躍翻上了兩人高的圍牆，坐在廢棄的宿舍牆頭上對我伸出手，我意識到那不止是隱喻。

「快進來。」向下伸長手臂的阿蔡對我說。

「天啊，阿蔡我們到底在幹嘛，我明早還要考英文而我還沒唸。」我伸出了我的手。

關於明天的英文，其實那才是這個故事裡最重要的事。因為我在延畢的最後一個暑假，我碩士論文快寫完才意識到前途茫茫，對於畢業以後的生活毫無頭緒，於是我決定要先考個英文再說。畢竟再怎麼說，對於未來，有個英文檢定總是好的。

於是我上網查報名資訊，發現因為自己報名得晚，附近的場次全部都已經滿了，最近的考場正好就是我在台北的大學母校。真麻煩，當時我一邊這樣想一邊繳了報名費，腦子裡一個一個清點大學同學的近況，想找個還在台北的朋友家借住一晚上。我因而想起大學室友阿蔡似乎到現在都還沒有畢業，我因而想起了室友阿蔡。

室友阿蔡跟我在大學的時候曾經非常要好，那時我從馬來西亞剛到台灣，我們剛成年，考上大學以後的時間忽然變得漫長。我們每日狂灌廉價啤酒，吐在房間的地板上，隔天罵咧咧地清乾淨，翹課打電動，去運動，去聽激昂的演講，騎腳踏車在台北的大馬路上漫無目的地衝刺。

我還記得，大三的暑假有一次兩個人回到宿舍的時候已經茫到快爆掉，卻莫名興起強烈的執意，一定要先洗澡才肯睡覺。於是我們跌跌撞撞地到了宿舍公用澡間，發現澡間只剩下一間，其他都滿了。於是我們兩個人在門外推擠著，像是搶奪卵子的兩尾精子，進入唯一的澡間成為宇宙間唯一要務。我們先是猜拳，然後又賴帳不認，開始比賽誰脫衣服比較快，結果難分軒輊，兩個全身脫光的裸男站在澡間門口摔角、對罵、互幹，僵持不下。

那個晚上正好遇上寒流，我們沒爭幾句就冷得受不了，於是決議用最公平的方式：一起洗。同卵雙胞胎。我們擠進小小的澡間，隔間很小，迴旋身體的餘裕都不夠，開關蓮蓬頭都一定會碰到對方的身體，當我的手臂擦過阿蔡的身體，阿蔡故意嗲聲大喊：「啊，傑哥不要這樣！」、「吼傑哥你都故意摸人家。」、「傑哥不行了，裡面都已經填得滿滿的了，快壞掉了快壞掉了。」

我說：「馬的閉嘴啦白痴。」

門外其他等洗澡的人聽見我們吵鬧的聲音，全都聚在我們澡間前面看熱鬧，他們說，幹，要搞不要在廁所搞啊很噁耶。

看見門板下停駐的人影幢幢，室友阿蔡像是受到鼓舞一樣，他以最尖細的嗓音發出浮誇的呻吟聲：「傑哥你這樣，人家會有感覺啦。」然後他往前踩一步環抱著我，腳趾觸碰到我的腳跟，嵌入。我反手推他回去，「滾啦。」

他撞到門板上，再次發出淒厲的呻吟。

門外的人起哄大笑，有人拿出手機往門板下拍。

室友阿蔡收到觀眾的鼓勵以後更加來勁，他說：「哦？原來你喜歡粗暴的是不是？」然後他從背後用盡全力環抱我，室友阿蔡比我高大，我無法掙脫，我感覺到我的背部貼近他的胸前，細細的胸毛刺著我，他的乳頭在我背上磨蹭。門外的幾個人尖叫吹口哨，笑得更歡騰。我感覺到阿蔡的鼻息噴在我的臉上，我努力想要遠離他，掙扎著大叫滾開啦廢物，阿蔡兀自大喊：

「有沒有感覺，這樣有沒有感覺？」

和阿蔡有關的記憶，大多已經隨著時間流失，最後黏著下來的竟都是這些亂七八糟的鳥事。不知道如果阿蔡想起我，那邊的故事會是什麼樣子？從大三到現在，快七年了吧，那年暑假我們的破宿舍在地震以後裂開一道大縫，宿舍被鑑定為危樓，校方緊急把學生打散到其他宿舍去。那時候阿蔡回了老家，宿舍裡只有我一個人，我們來不及好好道別就被分開。當然，偶爾還是會說要吃個飯、去他老家找他玩之類的空洞約定，但也從來沒有認真地實踐過。

離開阿蔡以後我意識到前途茫茫，拚死唸書，到處跟教授求情，最後低空考上南部的研究所，在出社會之前暫時得到喘息。至於阿蔡，我們分開以後他參加了學校的小說社，迷上了文學，有段時間常常會看到他在臉書上分享自己寫了什麼小說，得了什麼文學獎。一開始我還會在下面留言說「請客啦請客」、「強者我同學」之類的話，但我看不懂阿蔡寫的東西（那些小說裡面的故事不斷跳躍，橫生枝節，嘮嘮叨叨地東拉西扯），有時我因此覺得怪怪的，那麼熟悉的阿蔡竟然有我那麼陌生的樣貌。我似乎從來無法進入阿蔡內裡更深入之處。

但是隨著現實的親暱度逐漸消淡，寫那些亂鬧的留言也越來越顯得尷尬。互動減少，演算法將我們推送到不同的河道上，我之後也不常看見他的動態了。南部的太陽有家鄉的氣味，過去的事像河水一樣迅速流逝，我所能投注的情感和記憶似乎有明確的分段，如果不是因為要考英文檢定，我大概不會想起阿蔡。

英文檢定，必須記得那才是整件事情的目的。我因為阿蔡而想起當時的大學同學，他在畢業後留在台北當記者，我想他應該可以讓我留宿一晚上。我到臉書去敲他，在冗長的寒暄以後切入正題。記者朋友爽快地答應了。然後以某種電視劇般的巧合，他提起阿蔡。

記者朋友問我：「對了，阿蔡最近還好嗎？」

「阿蔡？我已經很久沒有想起阿蔡，我不知道他最近過得好不好。」

「你沒聽說他被人告了？」

「被告什麼？」

「聽說他的小說全部都是抄來的。」

「那麼嚴重？」

「被揭發以後就沒有人聯繫上他，我本來想跟你打聽打聽的，畢竟大學的時候你們那麼好……」

又是阿蔡。

因為記者朋友的話，我覺得我有義務聯繫阿蔡。然而我對文學一竅不通，大一的國文課以後就沒碰過半本課本以外的書，因此我想在接觸阿蔡之前應該先把事情梳理開來。我在估狗上輸入阿蔡的名字，非常驚訝地發現阿蔡這幾年走得多遠。穿過眼前漫長的「抄襲」、「隕落」、「剽竊」、「疑雲」等條目之叢林，往後和阿蔡相連的形容詞幾乎全都是溢美的讚辭：三十歲以下最受矚目的小說家、天才少年、台灣文學明日之星、最會說故事的男人……。

我點進和阿蔡有關的書評和專訪，照片裡阿蔡和我記憶中的樣貌並無二致，他像停留在大學時代一樣，頭髮亂七八糟地糾纏在一起，穿荷葉邊的社團服和高中運動短褲。不過阿蔡雖然邋遢，但並不讓人厭惡，他臉部的稜角剛硬，經常讓我想起電影裡頹靡的哲學家。

某個網路媒體的記者，在阿蔡引起風暴之前寫了一篇長長的專訪，將他視為下一個台灣之光。我點進去想要多理解阿蔡。那篇專訪裡面揉雜了許多同輩小說家和學者的說法，仔細地描繪出令我陌生的「青年超新星」之崛起。

專訪提到，阿蔡在大四那年加入我們學校的小說社，寫出的第一篇作品馬上以其複雜奇詭而得到社團成員的一致好評，日後成為代代學弟妹朝聖的範文。同年，阿蔡抱回了第一個校園文學獎。獎項像信火點燃阿蔡的熊熊創作能量，小說井噴般迸發，「像ＡＩ一樣，蔡安以令人昏眩的速度生產出無數的故事，並且故事與故事之間從不重複，每每以令人難以置信的方式重鑄、發明全新的合金。」阿蔡在短短數年間就寫成了近百篇小說，不但橫掃各大文學獎，連各樣文學社課和文藝營裡高傲的青年作家們互不相讓的批鬥，阿蔡的作品都逼得人們不得不為之折服。

「蔡安的作品無論從質與量上都為當代台灣小說帶來又一次的宇宙大爆炸，故事在他的作品裡以星球的尺幅融合，塌縮，引爆成經驗的黑洞……」專訪的字裡行間不斷流露出對阿蔡的崇拜。我想那位記者大概也曾經對文學懷抱某種偉大的夢想，或許甚至是從文學系畢業，走投無路後才轉入媒體，忽然碰上了這樣一個百年難遇的天才，激動之下文字也不免用力過猛了點。因此我大概也可以想像，當他們發現這個超新星和他的整個宇宙都是贗品，他們會有多麼憤怒。

阿蔡的隕落有更多的故事，那大概是文學界十幾年來迸發最大的新聞，不同的人從不同的角度，拼湊出整件事的始末。一開始是有個文藝營的學員跳出來舉報，說阿蔡的新書裡，有好幾篇故事都源自於某屆文藝營成果發表會上的學員作品。事情從這裡逐漸發酵，越來越多人挺身而出，指出阿蔡不同的小說中似曾相識的影子，網路上有眾人協力製作詳細的比對表，赫然發現阿蔡的小說裡的故事幾乎全都是抄來的，每一篇都可以溯源到他人的故事上：一小部分是各種文藝營活動和社課中其他學員的故事，其他一大部分是抄批踢踢或低卡上的貼文。阿蔡像撿破爛的人一樣在這些雜亂無章的故事裡面翻找，這邊拿一段那邊摘一截，用幾個意象把他們黏起來就當成一篇，改個名字拿去發表。

「這樣做是不對的。」我這樣對阿蔡說。

「沒事的，如果有人抓到我們，你就說聽到裡面有人呼救，我們闖進廢墟是為了救人。緊急狀況就不算無故入侵了。」阿蔡對我說，「走吧，你難得回來看我，我帶你回去看看。」

「不是，我是為了考英文才來的。」

為了考英文而到台北的前一天晚上我和阿蔡碰面，我們喝酒，在暗夜裡翻過宿舍的圍牆。阿蔡的身手矯健，但我已經喝了不少，腳步開始笨拙，從圍牆上跳下時我撲倒在地上，聞到草的氣味。

宿舍已經不是我原來認識的樣子了，原來停腳踏車和機車的水泥地被雜草撕裂，從縫隙間生出一整片草原，每一步踩下去鞋底傳來的都是水泥瓦礫悶悶的尖刺，腳底有熟悉的，雜草回彈的觸感。

阿蔡說走吧，我帶你看一個酷東西。

我只能跟著他向前走。

沒有光，我們只有手機的LED手電筒，照在凹凸不平的空間裡切出深深的影子，地板不平，這樣真的有夠容易扭傷腳有夠危險，我想著我明天被抬進考場的畫面，開始覺得有點後悔。我明天要考試了，要考英文可是我英文本來就不太好，會報考英文是因為，他們說英文可能影響到我第一份工作的面試，他們說第一份工作是非常重要的，我已經延畢，履歷上本來就不好看，我應該要好好準備明天的英文考試這樣第一份工作才比較穩定，這樣以後的生活才會比較穩定，可是我的朋友阿蔡把我拉到廢墟裡。

我們沿著生鏽的樓梯一層一層往上爬。

我用手機照向四周，暗影重重，大部分的東西已經清空了，一些床架和櫃子被拉倒在走廊上。我看見門板和牆壁上有大大的塗鴉，地上有舊報紙啤酒罐和滷味塑料袋一類的垃圾，還有燃燒後焦黑的痕跡。顯然我們不是宿舍變成廢墟以後第一批進來的人，或者說，我不是第一批進來的人。

溼氣厚重，所有東西都附上了薄薄的黴，地板的裂縫長出發育良好的雜草好像我們已經進入了熱帶，那裡面很暗很安靜，耳膜被腳步的回音震得嗡嗡作響像有蟬鳴。

我們踩過不同的垃圾、斷掉的樹枝和破碎的地磚，我謹慎地選擇落腳的位置，但阿蔡像是能在夜中視物一般，熟門熟路地，一步一步走向走廊幽暗的深處，帶著我回到我們曾經住過的樓層，

我們停在過去的房間門前，阿蔡握著門把，對我說：「後退一點。」

我不知所措地站在門前，不知道自己將要面對什麼。

阿蔡旋開門把，身手矯健地向旁邊跳開，手上的燈光晃動，我看不清眼前發生的事，只聽到有嘎啦蹦磅物品掉落的聲音，聽來像是鐵器、玻璃、悶悶的布料被撕裂、塑料袋被揉捏，雜亂地在空洞的宿舍廢墟裡面迴響。

一陣慌亂之後，阿蔡照著門口，我看見一大堆雜亂的東西從門的後面滿溢出來，散落在地板上：燈泡、腳踏車、食物包裝、試管、晒衣架……阿蔡踩過那些垃圾般的雜物，走進了昔日的房間裡面。

我跟著進去，完全認不出這是同一個地方。房間從地板到天花板的每寸空間都填滿了東西，筆筒、汽車旅館的火柴盒、直立式熨斗、瑜伽墊、蝴蝶標本盒、打字機、一個裝滿精釀啤酒和烈酒的大冰箱、便利商店的報紙架、劇場用的大聚光燈、深蹲架（以及一整套槓鈴）、飲料店封膜機器、檳榔攤招牌……那些你能想像得到的所有事物，全部層層疊疊地彼此勾纏在一起，被膠帶和強力膠黏在牆壁、地板和家具上，統一為一巨大物事，將整個房間一點縫隙都沒有地被填滿，自然得好像，好像這些東西是房間自己生出的內核。

我問阿蔡，「這些東西到底是怎麼出現在我們房間裡的？」

「全部都是我幹來的。」阿蔡得意地告訴我。

「你偷這些垃圾幹嘛？」

「我想知道這裡塞得下多少東西。」

阿蔡邊說著，邊爬上原來是床的位置，指著黏在原來是晾衣架的位置的新電腦，告訴我這是他寫稿的地方。電腦螢幕亮著，我看見阿蔡打開的 word 檔視窗後面是批踢踢的界面，我皺眉，問他：「你又開始偷人家的故事了？」

「我哪裡偷了？每一個字都是我自己寫的！」

「可是故事是別人的啊，你沒有問過別人就把東西拿來當成自己的，那就是偷。」

「讀書人的事能算偷嗎？你說說看我偷了什麼，那些故事裡有什麼東西不見了？」

「你偷的是別人的生活經驗，你不能把別人的經驗占為己有。」

「經驗要如何被偷？如果經驗不能被偷，那我什麼也沒做錯。如果經驗可以被偷，那正正表示經驗並不專屬於個人，所有的經驗都是公共的經驗，什麼東西都沒有不見，我什麼也沒做錯。所以真正的問題毋寧是，經驗要如何被偷？或者說，我們還剩下什麼經驗？」

我心裡知道不對勁，但我為阿蔡的話和他動作所迷惑，無法好好地思考。說這些話的時候阿蔡的手指飛快地在電腦上跳動，我看見word檔裡面的字元不斷冒現突出，然而卻都像亂碼一樣毫無意義無法閱讀。阿蔡邊打邊說：

「就算我真的偷了什麼好了，阿傑，故事的盜取者必有矯健身手。他必須從這些無聊的經驗的廢墟裡面把日夜翻揀，把那些離婚的故事、抱怨考試的故事，考古題、消失的遠古文明、對於廁所要不要加裝監視器的爭論、政治抹黑、發財的黑手、上班的時候偷偷開門進來的可疑房東、怦然心動的愛情長跑、一堂課只要四千塊的美股投資標的選擇祕笈，宿舍澡間的大便魔人、泰國森林的都市傳說、死亡車禍求行車記錄器、跑跑暈船達人……統統裝進小說的容器裡面，看見萬物之間幽微的連結，用意象和情節加以黏合熔鑄，將整個島嶼的經驗變成我的經驗，寫出有史以來最長篇的長篇小說。你懂我意思嗎阿傑，我要把我們的經驗統統全部都吃下來變成我的故事，我要寫的是一本真正的屬於我們的偉大的作品。」

阿蔡在角落裡挖出一本筆記本，塞給我說讓我指教指教。我翻開來，看見裡面印滿密密麻麻的文字，那些字全部像是重複塞進同一台印表機裡，扭曲疊加四處跳躍全無章法，根本就是文字的大亂鬥雜交趴、垃圾場、廢墟，我什麼鬼都看不出來。

但阿蔡還在我身後緊盯著我，我用力地收攏自己的意識，想要從筆記本裡面找出一些意義來回應阿蔡。這時候我感覺到阿蔡從背後貼近，他跟我一起看著筆記上自己寫的字，他貼得太過靠近但我忘了迴避，他帶著酒精的溫熱氣息噴到我的臉上，我覺得昏眩，然後聽見他問：「有感覺嗎？」

「啊……我不知道……我不太懂得文學……」

阿蔡對我笑，笑容裡有似曾相識的熟悉感，我覺得哪裡不對勁但是說不出來，他說：「沒關係，你只要跟我說一個故事就好了，我的小說還需要一個僑生的故事。」

意識在廢墟裡撞擊發散，我說，「沒有，我沒有故事，我更不會講故事。而且我明天一早要考英文，我應該回去唸書了。」

「好吧。」阿蔡說，「謝謝你來看我。」

那天晚上的結尾，阿蔡帶著我一層一層離開廢墟。他一路上意興闌珊地，翻找散落的垃圾。我心裡仍為著剛剛發生的事而感到愧疚，我想或許這次回去以後，我可能再也見不到阿蔡了。

忽然阿蔡說，阿傑，你看看這個，他從澡間的垃圾裡翻出一個裝著液體的玻璃瓶，太暗了我們看不清楚裡面到底有什麼，是酒精嗎？我問，阿蔡說倒出來看看就知道了。他打開瓶子把裡面的液體倒在地板上，液體帶點黏稠度，它停駐成一個小潭亮晶晶地反射我們的燈光，它發出強烈的味道但是聞起來不像酒精，我這樣告訴阿蔡，阿蔡說點起來看看就知道了，他從口袋裡掏出打火機，點燃那潭精緻的靜止的液體。

液體沿著邊緣緩緩燃燒的時候發出藍色火焰和濃濃的白煙，好美，我說。

阿蔡拿撿起的舊報紙，試圖去接住地板上的火焰，火被觸碰時跳了起來，從地板上跳到報紙上再跳回到地板上，燃起更璀璨的光，也大概是這時候我們才意識到不對勁，火太大了，開始燒到旁邊的垃圾並且不斷冒出藍色煙霧，我擔心煙霧警報器會響起來，然後我想起這裡不會有煙霧警報器會響起來。我試圖往外走然而大霧遮蔽了我的眼睛，我閉目，感覺到眼睛裡有細小的尖刺，身體悶悶發熱並且蒸出了汗液。

然後我在霧裡忽然想起了一個故事，故事跟我高中時候一個很好的朋友阿安有關，我已經很久沒有想起阿安，但是在濃霧裡面我忽然想起他，當時我還在馬來西亞的小鎮上，鎮上因為印尼的野火而煙霾滿布，加上小鎮裡的洋灰工廠，當時的天空永遠是白濛濛的，空氣悶熱得難以呼吸，上課時汗蒸蒸地貼著薄薄的白色校服，透出肉的顏色。

那天是我的生日，所以我記得很清楚，因為是高三衝刺階段，為了以後能夠考上好的大學，我們每天留校補習到傍晚。十八歲的第一天傍晚，我和阿安在放學後留下來值日，負責打掃電腦教室。阿安在電腦教室裡對我說，生日快樂，我假裝很帥那樣跟他講謝謝，我的意思是，裝作若無其事地說了句謝謝，不過其實心裡爽到要死，阿蔡你懂我的意思嗎，心下竊喜。

我不確定那天一起我們值日是巧合，還是衛生組長的故意安排，因為那段時間我和阿安走比較近一點，平常會一起吃飯一起搭車回家，假日也會約出來一起讀書。不過因為阿安是男人婆，我的意思是，阿安是踢，就是說剪很俐落的短髮，皮膚黑黑，因為練籃球所以又高又壯，有時他罵的臭話連我都不敢說出口，整個就比我還男人，我的意思是，集滿所有刻板印象的鐵踢，所以當時沒有什麼人把我們湊成一對，我們的親暱以好兄弟為名義。

因為我家裡沒有電腦，幾乎每天晚上，我們用手機互相傳簡訊到半夜。先是假假要問功課（好在那時候接近最終的大考，功課是真的很多），然後沒問幾句，就開始講講老師的壞話，講講一下心事，講講一下未來。那時候就是因為他，我每天都要去幫手機進錢，連吃飯的零用錢都不夠，所以他用手機傳錢給我，講是當作我教他功課的補習費。雖然阿安功課很爛不過他家裡有錢，而且我們是兄弟，我這樣說服自己，收下來了。阿蔡你要知道，我們住的地方很保守，那時候這些矯揉做作都是必要的。

所以十八歲的第一天，我聽到阿蔡，不是，我說阿安跟我說，放學之後要給我看一個東西，我很難忍住說不要。所以我們在打掃完的那天晚上，又偷偷闖進去電腦教室了。其實這個不是我的主意，因為我一路以來都沒有作惡的想像還有能力，我一路來只是被動，而且又乖乖聽話地做別人叫我做的事情。我不是不羨慕那些真正很酷的敢不屌學校的人，不過我最多也只敢犯一兩條無關緊要的校規，像是不把衣服塞進褲子裡，穿黑色而不是白色的襪子，那種真正被禁止壞事我是沒膽做的。

不過十八歲那天阿安說給你看一個東西，我就跟著他走了。我們打掃完後故意不鎖電腦教室的門，假假把鑰匙還給老師，然後我們在校園外遊蕩，等到天黑，阿安熟門熟路，他在學校操場後面找到一道比較矮的圍牆，他先翻了過去，坐在牆壁上對我伸出手，也帶著我翻了進去。

我問她怎麼知道這種地方，她講說你們乖乖仔當然不知道，我們三星仔都在這裡翻出去學校。

因為大考接近，那時候所有體育課早就取消了，操場的草很久沒有剪，熱帶植物長得很快，一大叢一大叢的雜草，我們低下身體，好像在荒野裡面行走一樣，每一步踩下去，鞋底傳來的都是雜草柔柔回彈的觸感，碎石子的尖刺頂住我們嬌嫩的腳板。我們在煙霧繚繞的天空下面，安安靜靜穿過雜草叢，草裡面有燒焦的味道，我們溜到電腦教室前，快快地，推擠著開門進去。

不敢開燈，我們在黑暗的教室裡歇斯底里地大大聲笑。

阿安講說，你不是講想要買電腦嗎？不要講兄弟對你不好，今晚這邊電腦全部包給你！我說謝謝大哥，等以後小弟發達了一定會帶攜你。

當時電腦對我來講是非常非常有魅力的東西啊，因為那時候我們沉迷於一種練習打字的遊戲，遊戲裡你開著一架戰車，天上一直有寫著字的磚塊落下，上面寫著燈泡、腳踏車、食物包裝、試管、晒衣架之類的英文字，你要快快打出上面的字母才能把它炸掉。越到後面磚塊落下的速度越快，那些沒打中的磚塊就會堆積在你身旁，最後他們全部落下來，把你淹沒，遊戲結束。

一開始沒有玩幾分鐘就不行了，我打字打不快，巨大的磚頭掉落在我的四周，很快就把我淹沒在裡面，我懊惱說自己技術不好。阿安說不是這樣的，你要好好去感覺那個鍵盤。他握著我的手指，把他們放在正確的位置上，我其實被嚇到了但是我好像沒有一件事的樣子。阿安手指的觸感比我想像得要柔軟。

又死了幾次，阿安說我示範一次給你看看，他拉過鍵盤並且把椅子湊得更近，我聞到他一整天沒有沖涼的那種汗酸味，我有一種講不出口的感覺。我低頭，看見身旁高大的阿安穿著女生校服，胸部的地方微微隆起，我，當時我有一種講不出口的感覺。

不過遊戲開始之後就完全忘記這些事情了，我從來沒有看過那麼厲害的技術，阿安的手指好像有自己的大腦一樣，它們每一隻都飛快地在鍵盤上跳動，帶動著阿安的身體跟著打字節奏輕輕搖動，阿安的兩個眼睛死死看住螢幕，天際線的磚塊才剛露出半個符號就被爆掉，手一滑，一口氣消掉五六個磚塊，我看到嘴巴都閉不起來。

太勁了你！太勁了你，我一直驚歎。

阿安得意地笑，他講，滏滏碎。

我不知道我們玩了幾久，我只記得阿安不停地打字的樣子，空洞的聲音在黑黑的房間裡面劈劈啪啪響。我想大概打出一本小說那麼多字的時候，阿安講要不行了，不行了。那時候磚塊落下的速度和數量都已經快到不可思議，密集到像牆壁一樣，從天上掉下來，上面寫著筆筒、汽車旅館、熨斗、瑜伽墊、蝴蝶標本盒、打字機、精釀啤酒、大冰箱、便利商店、劇場、啞鈴……阿安射再快都射不完。

我們情緒激動但又不敢大聲，我在阿安耳邊小聲為他加油，我說多一下就好了，多一下就好，射快一點。不過阿安逐漸頂不順了，他身邊堆起高高的斷壁殘垣，上面全部都寫著失敗的符號，牆壁越來越高，然後牆壁塌陷，阿安被淹沒在那座廢墟裡頭，角色搖頭晃腦舉起白旗，在廢墟裡面哭出一滴假假的眼淚。

阿安好像激烈運動完一樣喘著氣。

還是很厲害了，我發自內心地稱讚他。

他說還好啦，你像我這樣不讀書就有時間練了。

阿安讓給我玩，但是看過他的表演之後我已經沒有心想玩下去，因為我意識到，就算我跟阿安一樣苦練出這樣的技術，最後的結局還是一樣死在那個廢墟裡面，頂多就撐久一點而已。你懂我的意思嗎阿蔡，那是徒勞無功的遊戲。所以我開始覺得意興闌珊了，只是因為不想掃阿安的興，我盲目地看著出現的文字打字，隨意地玩並且隨意地死去。

不知道第幾次死掉以後，阿安跟我講：欸，你十八歲了耶。

對啊。

所以你是不是確定畢業後要去台灣了。

嗯，你呢？你有決定好要去哪裡了嗎？

我老豆叫我去愛爾蘭。

愛爾蘭在哪裡？

其實我也不知道。

我們用電腦查愛爾蘭的位置，然後用地圖查愛爾蘭和台北的距離，算兩個地方的時差。愛爾蘭的時間比台北慢了整整七個小時。很遠啊，我說，當時我們的世界只有那個煙霧籠罩的小鎮，七個小時之前的愛爾蘭是難以想像的地方。

阿安說是啊，以後應該很難見面了。

他沉默了一陣子，然後說：所以，所以想做什麼應該要大膽地去做，不要有遺憾。

我知道的，其實還沒聽到這句話之前就知道，我十八歲那年真正的生日禮物不是來玩玩電腦遊戲。可是我不敢回應，我不敢確定我和阿安之間的關係，我假假看著眼前的螢幕，看了很久很久，好像要從混亂的遊戲裡面看出什麼邏輯來一樣。

阿安靠得更近了，我感覺到他的椅子抵住我的椅子，他的呼吸急促，我感覺到溫熱的暖流觸碰我的脖子，他問我：你還有沒有什麼想做，又不敢做的事情嗎？

我張口想要說出實話，卻聽到自己說：看咸片啊，你敢不敢。

阿安在暗中沉默了一段時間。

然後他講：有什麼不敢，小處男你自己想看你就講啊。

我們打開了瀏覽器輸入關鍵字。黑暗的房裡只有螢幕上發出暗淡的光，照在我和阿安的臉上，煽情的女體和廣告在螢幕上閃動，誇張聳動的標題直撲眼前，我們過分用力地笑鬧，說這個你的菜啊，看不出來，原來你喜歡這種的。花了很多的時間，像在比賽一樣故意挑選最重口味的片，女學生，輪姦，男同，SM，捆綁。最後我們走到了搜尋頁的最深處，找到一個集滿所有標籤的影片，點開進去。

穿著制服的長著雞雞的女生被七八個男人猛烈地從後插入，抽動，鞭撻，扯頭髮，掐脖子。電腦沒有打開聲音，他面目猙獰，張口發出無聲的呻吟，字幕上寫著要死掉了要死掉了。

我們再也想不出什麼話來講。我聽見阿安越來越沉重的呼吸，阿安身上的氣息不斷飄進我的鼻腔裡。沒有開冷氣，我覺得渾身發熱，從鄰國來的煙霾從窗口的縫隙滲入，我身體慢慢出汗，唇乾舌燥卻不敢吞口水怕被阿安看見，甚至也不敢看阿安，只能死死看住螢幕裡面的動作。裡面的人開始拿各種日常生活用品塞進女學生的陰道裡，鉛筆、釘書機、寶特瓶、香蕉、充電器、啞鈴、車鑰匙、橡膠水管、不銹鋼湯匙、電玩遙控器……像在測試容器的容納極限，不停在裡面塞入更多的東西想知道它什麼時候會真的壞掉。

我聽見阿安說：「你看這種東西有感覺嗎？」聲音乾澀，聽起來不像他的聲音。

「假的要死。」我聽見自己這樣講，聲音也聽起來不像我的。

看完一部，我說，走吧，明天還要考英文。

阿安說好。

我們把電腦關掉，椅子恢復原狀，關上教室的門，重新穿越操場回到圍牆邊，翻過去，道別後各自回家。一路上我們幾乎都沒有講話，一前一後地走，我走前面而阿安走在後面。回去以後我傳信息，告訴阿安謝謝他的生日禮物。阿安說不要客氣。

我意識到有什麼正在遠去。

不，阿蔡，故事到這裡還沒有結束，這裡還可以塞下更多的東西，應該說，高潮要到了要到了。隔天我一邊背著英文文法規則一邊走到學校，發現學校大門拉起了黃色封鎖線，有警察擋在前門不讓人進去。

當天中午新聞就出來了，在我生日的那個晚上，母校發生創校百年以來最大醜聞：有女學生在校園裡被姦殺。消息震驚了整個小鎮，當時沒有人知道究竟發生了什麼事，我雖然心裡有隱隱的不安，但仍無法預見將會發生的事，我必須老實說，當時我無法抑制地竊喜：完全沒唸的模擬考延後了。

晚間新聞給出了更多的訊息，其中一個嫌犯因為不堪良心譴責而自首，成為那個幽暗的事件裡唯一回來報信的人。隔天母校上了頭條，標題在母校的照片外大大寫著「恐怖學校」，記者以沒有必要的驚人的細膩筆法還原了整個事件的經過，受害者是住在學校附近的女學生，半夜裡因為讀不下書而獨自出門散步，七名同樣是學生的嫌犯在圍牆邊抽菸，見狀起色心，將她制服之後帶著她翻過了圍牆（少年暴徒們身手矯健），一路從操場拖行到學校電腦教室（久未修剪的草坪有明顯行走痕跡），然後撬開了教室的鎖頭（以極為熟練的手法），還好整以暇地開了冷氣（離開前沒有關掉），在裡面（以不適合為本報讀者描述的粗暴方式）輪姦了女學生。

另一份小報，更詳細地描述女學生屍體上如何遍布傷痕，他們如何以各樣文具、教具和電器用品，像在做什麼實驗一樣插入，填滿她的陰道，直到她死去。

校長被約談，學校來不及辦畢業典禮就迅速地被關閉，我們要應考的學生被打散到臨近的學校去考試。幾年後我回家過年，開車經過母校，透過圍起來的破敗柵欄看見裡面已經成了一片廢墟和荒野。

自此我和阿安再也沒有見過面，我也從未向任何人提起這件事。

阿蔡我說過，我的記憶有明確的分段，過去的事馬上像水一樣飄然流逝。但我沒有說的是，阿蔡，我偶爾，非常偶爾地在我晚上睡不著的時候會忽然想起這件事，然後內心會忽然興起惶惶的不安。

我從來不對人，包括你，阿蔡，說起這件事，原因是，我一直無法理解那些事與事、物與物的關係。一方面來說，我和它們當然一點關係都沒有，這裡面沒有因果，就只是巧合。就像星座的運行之於我們的命運，我們只是剛好在相似的空間、時間、人物和幻想的情節中偶然交合然後旋即分離。明明什麼都沒有發生，我憑什麼要為此而被迫感受到些什麼呢？

所以阿蔡我決定拒絕這樣的感受，我拒絕為其負上責任，拒絕被塞進同一個故事裡，拒絕被鬆散的意象黏合，拒絕與事物成為一體。現在我要別過頭去，逃離這裡一如我當時逃離那個煙霧籠罩的小鎮，遺忘阿安一如我遺忘你，將記憶切成明確的分段，讓過去的事情如水流逝，並且努力記得英文單字和十二種時態變化。

我想起明天的英文檢定，完蛋了我還沒開始唸，不知道現在幾點了？

意識沉沉地回來，我聽見阿蔡問我：「有感覺嗎？有感覺嗎？」黑暗中有人拍打我的臉。背部躺在尖銳不平的地板上，四肢麻木，鈍鈍地感覺到有人在觸碰我身體各處。眼睛刺痛，我不知道自己是否並未打開眼睛，還是四周暗得什麼都看不見，只聽見阿蔡不停問我：「還好嗎？這樣有感覺嗎？有感覺嗎？」

「我不知道……」

我想起有些化學物質燃燒後的煙霧會腐蝕眼球。我擔心自己的眼睛會再也看不見，所以我用力地緊閉眼睛，想起明天的英文檢定，慘了我還沒開始唸，不知道現在幾點了？

大年初三，我們一家人帶著阿里山菸去看外祖父。

外祖父瞇眼觀察濾嘴上的金黃色紋路說：「台灣東西做得真是精緻。」

外祖父反覆說相同的故事，細節當然多少會有一些戲劇性的改編與差異，不過骨幹基本上是一樣的。故事的開頭總是這樣……

巴黎

大學時代的我晚上睡在租回來的套房裡，夢見了外祖父。他來找我父親但父親不在，於是他走進我們家裡，坐在我們家的客廳等。家裡的管教很嚴，外祖父來的時候我們被迫放下所有的事，也在客廳裡陪著外祖父有一搭沒一搭地聊。

說話的時候我留意到外祖父正在焦躁地抖腳，眼睛頻頻望向屋外。我想他是想抽菸了，祖父菸癮很大，我很少看見他能安坐那麼長時間而不開始掏出菸來。果然，沒過多久他就把手摸向自己胸前的口袋，掏出紅色的菸盒。他輕巧地敲出一根菸，就在客廳裡點起火來抽。

點起菸來的外祖父抖腳的頻率漸漸放緩，我媽媽的眉頭卻越扭越緊。菸灰落在客廳地板上，菸霧攀升到客廳的屋頂上，在我們頭上緩緩盤旋不去。然而我們家族的管教很嚴，阿媽從小就怕她的父親，因此她任憑外祖父在客廳裡抽菸而不敢說什麼。於是我、我阿媽和我妹妹三個晚輩圍繞在外祖父身邊看他呼哧呼哧地吐著煙，辣辣的白煙充滿了我們的房子，也充滿了我、我阿媽和我妹妹的體腔。

開始抽菸的外祖父變得安寧而和藹，臉上的皺紋忽地散開撫平。他忽然想起要問我今年多大了。我說我二十歲了。祖父說，時間過得真快，哥哥也那麼大了嗎？然後他再次從口袋裡掏出紅色的菸盒，從裡面敲出一根菸，點起來，把燃燒中的菸遞給我。

我說我不會抽，外祖父皺眉，說連菸都不會抽像什麼男人。我只好接過來，面有難色地望向我阿媽。阿媽開口以微弱的聲音說，爸你不要……但外祖父揮揮手打斷了她，「女人家不要啊吱啊咗！」外祖父帶著期待且鼓勵的神色望向我，我只好把菸湊向嘴邊。

菸頭的火頭燃出刺鼻的煙，我用嘴唇含住濾嘴，試探地緩緩地吸了一口。

「哥哥先不要吐出來，」外祖父說，「吞下去等一下，從鼻子出來。」

我照著外祖父的話做，我感覺到煙在我的喉頭和鼻子間熱辣辣地翻動搔刮，我有強烈的想咳嗽的慾望，然而我知道我不能在外祖父面前難看。於是我鎮壓身體所有的叛變與不安，順利地讓煙從鼻子裡滑出來。

外祖父看著我吐出人生的第一口菸，他滿意地笑了。「對嘛，對嘛，多幾次就習慣了。」然後他馬上就對我失去了興趣，他站起身來，環視他一手監工建造的我們家客廳。是的，我們的房子是由外祖父親手建起來的，因此有時他似乎覺得這是他的而不是我們的客廳，他用檢查而不是參觀的眼神來看我們家的客廳。

作為資深的師傅，外祖父很快就在煙霧繚繞間發現我們屋頂有一小塊發黃的痕跡。他說怎麼會這樣？我媽說不知道，你說了我們才看到上面有黃印的。外祖父說怕是漏水了吧？當他們談論有關建築與病害的事，我因為剛剛吸下的第一口菸而覺得頭昏，胸口悶悶的像是被堵住了呼吸的管道。我不敢再吸第二口，為了不讓外祖父發現異樣，也不敢低頭去看指間的菸，只任憑它慢慢地燃燒。

等到我意識到溫度不對勁的時候，外祖父喊了起來：「哥哥你的菸！」我低頭，看見菸從屁股處燒了起來，冒出大量的灰色的煙霧。當時我還未意識到這是夢境，慌亂間我擔心外祖父的責難而迅速將菸屁股含在嘴裡，用力地吸了一大口，卻因為用力過猛而把一口燒焦的菸草吃進嘴裡。我說了，當時我不知道這原來是夢。

發生在我指尖的小小的火災結束，外祖父笑著叫好。我努力裝作不在意的樣子，但含著一口苦澀的菸草不知道應不應該吐掉，菸草在喉頭裡再次激起咳嗽的衝動，我努力地動員起所有器官的肌肉來壓制它。絕對不能咳嗽，絕對不能吐出來，絕對不能在我外祖父和幼年的妹妹面前難看。

大概到這裡的時候夢醒。

怎麼了嗎？睡在我身旁的女友問我。

我說，做夢。

為什麼是外祖父呢？我對自己的夢境感到疑惑。我和外祖父見面的次數少之又少，尤其在他因為臨老入花叢而與外祖母離婚，與所有的兒女反目成仇之後。上一次見面是幾年前的農曆新年，外祖父主動打電話到我家，他說中國來的承包商告訴他台灣有種「阿里山菸」很好抽，他想起自己有個在台灣念書的外孫，問我有沒有辦法幫他帶回一條。

家裡囑咐我一定要買回去：「老人家想看我們又拉不下面子，你就幫幫忙，成全他。」

於是我到超市和便利商店去問，但沒有人聽過這個牌子，「阿里山嗎？」店員們猶豫不決的，上下掃視菸櫃。最後是有在抽菸的同鄉的朋友告訴我，這個是專門賣給大陸人的菸，只有桃園機場買得到。

要飛回家那天我特意提早出門，幸運地在機場第一家免稅店就買到。菸盒太大我塞不進背包裡，於是我提著透明塑料袋裡面華麗的盒子走，覺得每個人都在看我，我覺得不自在，但我也沒辦法，總不能跟他們解釋這不是我的，這只是我為了要探訪臨老入花叢而與外祖母離婚，與所有的兒女反目成仇之後的外祖父而買回來的手信。

最後我坐在星巴克，拿出背包裡的外套將菸盒包起來，帶著回到馬來西亞的家裡。

大年初三，我們一家人帶著阿里山菸去看外祖父。

外祖父住的房子在鄉下，三層樓高，有很大的宅院和許多的房間，全是他一手建起來的。母親的家族子嗣眾多，外祖父的房子永遠都很熱鬧，小時候過年，全族的人都回來這裡吃團圓飯。住得遠的人晚上留下來過夜（反正房間有的是），大人徹夜喝酒賭博，小孩放煙火和鞭炮，就這樣鬧到第二天早上，外祖母開車買回來幾十份早餐。

直到外祖父離婚過後，外祖母在不同兒孫家之間流浪，大家也就很少回來了。

在偌大的庭院裡外祖父穿著白色背心，為我們拉開鐵門。見到我們送的菸，外祖父興致高昂。他先是把玩藍色的菸盒子，然後熟練地撕開封條，打開盒蓋子拿出一包菸，然後再次撕開封條，打開盒蓋子抽出一根菸，外祖父瞇眼觀察濾嘴上的金黃色紋路。「台灣東西做得真是精緻，」我外祖父說，「這個買多少錢？阿公還你。」

大人幫著我推辭一番，跟小孩子計較什麼，也是一點孝心。外祖父呵呵笑幾聲，就沒有再提錢的事。

我外祖父菸抽得很凶，我們看著他一根接著一根不停地抽，呼嚕呼嚕地噴出濃厚的煙團。隨意問了我們幾句近況後（哥哥還沒畢業嗎？還有幾年要念？），他開始抱怨從未來探望過他的外祖母，還有那群吃裡扒外的子女：「等我死了，一分錢也不留給他們！」說到激動處，外祖父夾著菸在空中比劃，菸灰抖落在地板上。我看見客廳地板上鋪著一層薄薄的菸灰，大概是很久沒有掃了。

「當初不是我賺那麼多錢給他們花，他們現在可以個個住大樓開大車？」

從這一塊跳板，外祖父躍入他年輕的顯赫事蹟。總算開始了，我看見我父親調整坐姿，為漫長的抗戰作準備。

外祖父反覆說相同的故事，細節當然多少會有一些戲劇性的改編與差異，不過骨幹基本上是一樣的。故事的開頭總是這樣，我年輕的外祖父沒有機會讀書，十幾歲就在工地工作，然而他因為心靈手巧，很快就從學徒升到師傅，再來就自己當領班到處去接生意。在他開始獨當一面的日子剛好遇上經濟起飛，到處都在蓋房子，憑著手藝，外祖父讓一疊疊的現鈔不斷湧進家裡，再流水般地花掉，至今仍不清楚自己賺了多少。

阿媽告訴我，小時候他們兒女輩吃穿用度全都是最貴的，上私立的英文學校、每科都請個別的補習老師，最後還花大筆錢把舅舅送到倫敦去留學。「不過嘴巴說是為了我們，其實你阿公為的只是自己的面子。」母親只趕上那段風光日子的末端，因此她經常憤憤記憶起小時候外祖父的缺席。

外祖父永遠不在家，他每個晚上都在外面鬼混，大宴賓客、買最時新的車子、光明正大地玩女人，連母親出生的時候都忘了要回去。也因為男子氣概的緣故，即使遇到故意拖欠工資的老闆，外祖父也不願意拉下面子去爭，寧願自己掏荷包發薪資給下面的人。

後來經濟成長放緩，加上便宜的外勞大量湧入取代本地工人，外祖父的全副家業一下子全部掏空，風吹雞蛋殼，財散人安樂。但外祖父雖然錢沒有了，面子還是放不下。出去外面吃飯遇到認識的人，外祖父不管眾人的暗示，硬是要請客。年輕的女人玩不起了，外祖父就玩年紀比較大的。幾年後老婆和兒女終於受不了，外祖母在兒女家輪流去住，見到人就抱怨自己命運不幸，以及外祖父理應分給她而她不跟他計較的家產。

最後只有外祖父留在原來的大房子裡。這是他早年基業唯一剩下的東西，他在裡面愛幹嘛就幹嘛，再也沒人管他。「說到房子……阿金，你做生意有沒有認識的人想要買房？」外祖父又敲出一根菸，點燃，然後他在煙霧後裝作輕描淡寫地對我父親說。

「怎麼了？爸你要把房子賣掉？」

「問問而已，我有算過，這棟至少可以賣個一百萬跑不掉，這邊的房仲看我年紀大想騙我，一直壓我價，我說我自己去找！賣個一百萬我放銀行，夠我們養老用了。」

新燃起的火星從菸上滑落，父親陪笑，嘗試把話題拉向別處，但外祖父仍執著地盤旋在和房子有關的話題上。他說起他的房子，我們家的房子，以及當年他幫各州皇宮解決的工程難題，一棟房子生出更多的房子，外祖父和他房子的話題如同煙霧瀰漫四處，我們一句話也插不進去，並且因為長久的沉默而感到窒息。

等到天色逐漸變暗，我妹妹忍不住尿急去了趟廁所，我爸趁機說：「阿爸，等妹妹回來，我們去吃晚飯吧。」

外祖父說他知道附近有家酒家功夫不錯。離開前，他又從盒子裡抽出了一包新的菸。

妹妹悄悄地告訴我，她在廁所碰見一個中年婦人，慌張地躲進房裡。

我們在外祖父說的附近的酒家吃飯，過年期間人很多，但外祖父仗著和經理關係好，出發前就打電話去為我們留了一張桌子。經理特意過來為我們點菜，外祖父作勢要請客，說你們愛吃什麼隨便點。父親阻止了他，他說爸爸你過年難得跟我們吃飯，哪有跟我們小輩爭賬單的道理？

「唉，真拿這些小的沒辦法。」外祖父對經理苦笑，然後舔舔嘴唇：「那既然那麼高興，阿金我們就喝一點吧！」我父親說不要了吧，我還要開車載小孩不能喝，但外祖父還是點了。

他一開始是小小的啜飲，後來越喝越快，一口就乾掉一杯，臉上的每道皺紋都煥發出紅潤之光。

「爸你不要喝了。」我父親勸阻他，「沒事，沒事！」外祖父甩開父親的手，瘦弱的手臂裡還維持著年輕的力道。他從口袋裡掏出菸盒，再敲出了一根菸，不顧我們的阻擋而顫抖著手指把它點著。燃起的白煙驚動了經理「發哥，現在這裡已經不能吸菸了。」他過來陪笑著說。「就抽一根，不要緊。」

經理面有難色，旁邊的客人偷偷地望向我們，我們不知所措地看著外祖父。然而外祖父渾然不覺，他依舊安逸地靠在椅背上。他炫技般吐出煙圈，煙圈費盡力氣地向上爬升，散開。他的酒氣紅到脖子根處，一根菸抽完後眼睛已經睜不開了。

我外祖父，我外祖父他接著搖晃著坐起身來，對著我妹妹瞪大眼睛：「妹妹，爸爸那麼多孩子裡面還是你最孝順，不枉費爸爸那麼疼你。」外祖父布滿血絲的眼睛裡裝滿淚水，我母親和妹妹都緊繃著身子，不知道該如何應對。

「爸爸跟你說一個從來沒有說過給別人聽的祕密，你……」一邊說著話，外祖父又從菸盒裡敲出了第二根菸。大家正要開口阻止他的時候，外祖父忽然從倚靠的椅子上斜斜地滑落，像死肉一般倒在鋪著紅色地毯的地板上。

我和父親兩個人架起外祖父，開車送他回家。

回去的路上我扶著外祖父癱軟的身體，他溫熱鬆弛的皮膚貼著我，他身上的菸味沾染我的衣服。醉意朦朧間，外祖父仍呻吟著說亂七八糟的話，他問我有沒有交女朋友。我說沒有呢阿公，現在沒有女朋友。

外祖父於是說起他的初戀，他說他到過巴黎。

你知道巴黎吧？番文叫 P.A.R.I.S，全世界最浪漫的地方就是叫巴黎。

當年，他說，當年你阿公我因為完成柔佛皇室別墅那件案子而一舉成名，英國人請我到歐洲接工程，沒有飛機可以搭，坐了一個多月的船，在英國的工做完了又去了巴黎，我一個鄉下人一句番文都不會，靠著比手畫腳，我搭船穿越英吉利海峽登陸法國，然後搭火車到巴黎。

到巴黎的時候嚇一跳，那麼出名的大城市，整個亂七八糟好像還在打仗一樣。房子很舊，牆壁上面全部都是塗鴉，路上堆滿磚頭、壞掉的路牌和鐵條，這裡一堆那裡一堆，連車都沒辦法開。街上很多年輕鬼佬四處亂晃，他們看我是華人，一直過來跟我說話，圍著我嘰里咕嚕地講。阿公聽不懂番文，只能一直跟他們笑。

雞同鴨講地講半天也不通，後來有個人跑來塞了本紅色冊子給我，上面印著毛澤東的頭。這個我就認得了，我對他們敬禮，用以前在工地裡面聽過的唐山腔喊：「毛主席萬歲！」他們聽到就很高興，跟著我一起怪腔怪調地喊：「毛主席！」然後很好人地拍拍我的背，跟我握手。

我指著肚子說：「毛主席！」他們就拿酒和麵包來給我吃。吃完我把手放在頭旁邊扮成枕頭的樣子，說「毛主席！」他們就幫我找到可以睡覺的地方。阿公當年還很帥，很多法國妹妹都在偷偷瞄我，我都知道的。所以我對著她們喊「毛主席！」，她們就咯咯咯地笑起來，然後把嘴上的菸給我抽。那些法國菸的味道很不一樣，比什麼你阿里山登喜路都好抽多了。

外祖父說話的時候吐出濃烈的酒氣和菸味，車廂裡的空氣不流通，我憋氣不敢呼吸。

然後啊，我外祖父說，然後那天晚上我睡到一半被吵醒，發現到處都是紅色的火光，照顧我的小洋鬼子跑不見了。我到路邊去看，看到馬路上出現很多黑色衣服的警察，他們帶著白色的棍子見人就打，每個人都在鬼吼鬼叫，把路面敲爛，拿石頭磚塊丟回去。人家給我吃給我穿給我睡，現在遇到麻煩我們當然要講義氣。我拿了一塊大磚頭，呼一聲對準一個警察的頭丟過去，打到那個仆街冚家剷直接撲在地上。哈哈哈哈，全部人都為我歡呼，幾爽你知道嗎？哈哈哈哈。

結果沒有爽多久，他媽那些警察拿出大管槍，射出一筒一筒的催淚彈，裡面一直跑出來藍色的，白色的煙。那些煙一吸進去就咳嗽個不停。很濃很濃的煙，我一直想哭，真的頂不順，年輕鬼佬拉我，我跟著他們躲進屋子裡面去。

外祖父開始嗚咽起來，我稍微把他身體推開，怕從他體內流出的液體會碰到我衣服上。

那天晚上，那天晚上有個中年阿伯來探望我們，披著圍巾戴眼鏡，讀書人的樣子。我猜是個名人，他一來大家就把我推過去跟他握手，他雙手握住我的手掌，對著我說了一大串話，很激動的樣子。

可是我一個字都聽沒有啊，我只好回他說：「毛主席？」

他笑著搖搖頭，說：「薩德。」

「你剛剛說沙特？」我忽然意識到這些醉話有點不對勁。

坐在副駕駛的母親說：「哥哥你不要跟他鬧。」

薩德。沙特。都差不多啦。那個男人來講了很多話，大家都很激動，很多人都往我這裡的房子靠來。早上請我抽菸的法國妹也來了，她握著我的手對我哭，我也不知道怎麼說他們的話，只好輕輕拍她的背安慰她。哭了很久，她從口袋裡拿出兩根菸，一根給自己抽一根給我。那些法國菸的味道很不一樣，我抽過後回來抽什麼牌子都不對味，抽多少都不過癮，不知道是不是有摻了什麼料。女人也是，阿公見過那麼多女人，怎麼看還是覺得法國的女人最漂亮，不信阿公給你看，阿公給你，給你看阿公以前女朋友的照片。

我外祖父哆嗦著把手伸向褲子的口袋，手肘撞到坐在隔壁的妹妹，妹妹把半個身子都貼在車門上，小心翼翼地不敢和外祖父有任何接觸。等外祖父終於拿出手機，他點開桌布遞給我看。

照片上的女人穿著黑色的禮服，手裡夾著長柄菸斗。奥黛麗．赫本，迪梵那早餐，在台灣巷弄間的義大利麵館和廉價咖啡廳經常會貼的那張。

很漂亮吧？等房子賣掉阿公就再去一次巴黎再去找她抽巴黎的菸……

我們把外祖父送到大宅裡，按門鈴請他女友出來照顧他。下車的時候外祖父大喊：「啊丟戴高樂！啊丟戴高樂！」外祖父的女友滿臉通紅，說這個人怎麼每次都這樣。

回家的路上我問我母親，外祖父是真的到過巴黎嗎？

「不要聽他的肖話，誰會找他去巴黎？有人找他去巴厘島就不錯了。」一整天沉默不語的母親說，「不要學你阿公的樣子，聽到沒有？你敢抽菸我就打斷你的腿，哥哥你聽到沒有？」

我當然是聽到了，我們從小到大都是教養良好且聽話的。家道中落的母親嫁給我平庸的父親，幾年後生下了我，嚴格地教養著直到考上大學。母親原來是希望我考上歐美的學校，但我的成績申請不了獎學金，家裡也不可能有錢支付我的學費，只好退而求其次地到了台灣。

說實在很喜歡在台灣的生活，山高皇帝遠，只要成績過得去的話母親管不了我。我小小地說謊，騙她說抽不到學校的宿舍，租了自己的小套房和女友同居在一起。女友是大學認識的學妹，父母親都是中學老師，因此同樣有著很好的教養。我們在同居的套房裡溫習功課、不過分地做愛、非常偶爾才會兩個人分一罐地喝啤酒。除此之外沒有做過什麼過火的事，日子過得安逸簡單，定期的運動並均衡地注意飲食。

我一直是安守本分的人啊。

夢見外祖父的那天，我意識到有些事似乎不對勁。我無法說出那種感覺，整天有口吐不出的氣鬱結在胸口，壓迫我的心跳和骨骼。好像是嚴重過敏的症狀，有時會控制不住地流鼻水、有時毫無原因地流淚。發作的時候視界模糊，我努力想要抓住一些具體的印象，但世界飄渺發散如同煙霧。

這到底是怎麼回事？我聽過那些關於預言的夢境的故事，也想過要打回家問問外祖父的近況。但因為和外祖父實在不熟，如果和家人說是因為一場莫名其妙的夢而擔心的話，感覺實在很丟臉。況且若外祖父發生什麼大事，也等不到我打回家，家裡人就會馬上通知我吧。

什麼都沒辦法做，我意識到我只能回應外祖父在夢中的邀請。

為了不在便利商店裡啞口無言，我先在網絡上查菸的名稱和品牌。我在眾多的名字和圖片間眼花繚亂，香菸原來有那麼多種類，這世上每天有那麼多的人把無法捉摸的事物塞入體內。我緩慢地滑著手機上的圖片，一一仔細辨識，最後終於認出了夢裡外祖父的香菸。

圖片旁的敘述說這是「紅色登喜路」，英國廠牌，在馬來西亞和台灣都有銷售。我把俗稱和菸盒的樣子記在腦裡，這就是盤踞於外祖父體內的事物。

為了不讓女友擔心（我總不能告訴她這些蠢事），我告訴她自己最近身材好像走樣了，想要去河堤公園跑跑步，讓她先睡。她說好。我換上白色排汗衫，騎著腳踏車到便利商店去買菸。

店裡燈光明亮，我隨手拿了一支可樂走向櫃檯，故作輕鬆地說再給我一包紅噹。我的喉嚨因為初次發出陌生的音節而生澀，聽起來非常遙遠。

「一包什麼？」店員沒聽清楚。

「Dunhill。」我說，「紅色的那種。」

我買到了菸，到夜裡的河堤公園旁邊，卻不知道這裡抽菸合不合法。當時河堤的跑道正在施工，到處都是坑洞，還有一摞一摞的磚塊和水泥，沒什麼人。我騎著腳踏車繞了幾圈，最後在一個路燈照不見的角落看見一張石凳，旁邊彈滿了菸蒂。那這裡應該是可以的吧？

我坐在石凳上，打開手機的手電筒夾在大腿間，就著燈光拆掉外面的塑膠包裝。菸盒非常簡潔，除了商標之外沒有太多的裝飾。我細細地觀察，撫摸紅盒子上微凸的條狀紋路。上面的警語寫著：「吸菸會導致性功能障礙。」是這樣嗎？我想，外祖父的狀況看來倒還好。

還是說，那些吸入的導致陽痿的病變的物質已經殘留在我的血液裡了？

想要打開盒子的時候才發現封口很緊，用指甲摳了半天還打不開，後來才發現要用按的把盒子壓出裂口。我打開盒子，看見三排菸在盒子裡飽滿排列。我學著外祖父的樣子，以求籤的方式輕輕敲出了第一根菸，含在嘴上。

這時候我才發現自己忘了帶打火機，雖然知道沒有人看見，然而我笨拙地叼著一根未點燃的菸的樣子，還是讓我的臉頰發燙。我把菸吐出來，小心地塞回盒子裡去，我騎著腳踏車回到便利商店，還是同一個店員，我跟他說我要買打火機。他的耳朵似乎不是太好，他問我：「打什麼？」

「打火機。」我慢慢地重述一次。

「賴打嗎？」

「對，賴打。」

五月剛過，天氣已經開始熱起來了。買好打火機後我全身是汗，實在懶得再騎回去河堤，因此決定回租屋處的頂樓去抽。

再次敲出香菸時手勢已經稍微熟練。我選出那根濾嘴上有淺淺的口水印子的菸，用賴打點燃菸頭。頂樓的風很大，燃起的白煙迅速消散，我努力護著不讓火苗熄滅。

湊上前去吸了一口。

接著緩緩的吐出來。

我靜靜地等待，並沒有發現任何異樣。是因為時間不夠長嗎？我試著吸得更深一點。有點蠢地想起菸真的是氣體，在嘴裡沒有觸覺，我連有沒有吸到都不確定。於是我停下來尋找網絡上的教學，依照網友的提示，我再一次，將菸吸完後用鼻孔呼吸到肺裡，緩緩吐出。

喉頭辣辣的刺激，然而除此之外什麼都沒有。沒有快感也沒有不適，更沒有我原來隱約的盼望著的，某種和外祖父相關的神祕聯繫。就這樣嗎？我心想。

回到房間裡，我找出一個吃完的麥當勞紙袋，小心地包住菸盒，再一起丟進垃圾袋裡。然後我比平時更用心地耗費時間刷洗我的身體，洗澡的時候我用雙倍的沐浴乳，刷牙後仔細地用了女友的漱口水。順便也洗了剛剛穿的衣服，如果明天女友問起的話，就說是因為跑步流太多汗才洗的。

所有痕跡都消除妥當。我熄燈，安心地躺回安穩沉睡的女友身邊。

快睡著前我忽然聞到淡淡的菸味，上下找了一陣，發現氣味來自於我的手指。看來暫時是洗不掉了，夜已經很晚，還是明天再說吧。我把手指放在鼻尖，吸著上面殘存的菸味，那晚我緩緩夢見煙霧繚繞的巴厘島。

當飛彈在地面上爆炸，開往吉隆坡的火車隆隆經過，所有新生的恐龍蛋都會輕微顫動。夜裡，恐龍蛋裡面有聲音在竊竊私語，敲擊蛋殼。如果夜夠深，我還看得見一點點的紅光穿透蛋殼。一閃一閃，無數隻小眼睛在小鎮地下等待出殼。他們是 Godzilla 的孩子，他們饑腸轆轆，但 Godzilla 愛他們。

Godzilla與小鎮的婚喪嫁娶

1.

那時候我才六歲，小鎮日夜都泛著迷濛的光。

跟附近山上的幾個小鎮比起來，我家鄉R鎮離吉隆坡算很近了。開車走舊路的話大概要一個小時，如果走新開的高速公路，那只要半小時出頭就可以看到雙峰塔。不會開車也沒關係，鎮上的火車頭是南下吉隆坡線的第一站，每半個小時就有一班車，如果火車不誤點，一個小時就可以到吉隆坡總站。

我婆婆說，當初鐵路局派人來我們鎮上建火車頭，本來是要把火車一直開到後山芭裡去，帶旺這一帶幾個鄉鎮的。那時鐵路局收了四會人住的一整條街，全部拆成平地，一天十幾輛羅里進出小鎮，花了一整年才建好這座火車頭。

那之後，鐵路就這樣停在我們鎮上，從此再也沒有動過半步。

鎮上沒有人知道為什麼火車路不繼續往前開，應該說，也沒有人想知道。日常的生活和工作讓小鎮人永遠面露疲態，尤其在火車頭開始通車之後，附近山芭甘榜裡的人要到吉隆坡都會先來我們鎮上，一到假日，火車頭前的大街滿滿都是外地人，他們大包小包地在火車頭和舊街場之間亂竄，街場上的每一家店都擠滿來客，從街頭的賣雞飯的到街尾開當舖的大老闆，個個忙得心浮氣躁。

那時候，小鎮永遠都熱氣騰騰。白日裡太陽灼燒着鋅板屋頂，轉角雜貨店的伙計身上流著大滴大滴的汗水，他搖搖晃晃地走著，最後把貨物「啪」一聲丟在巴剎的地板上，上面印著一大片的汗跡。巴剎的地板溼漉漉的臭水，雞在被割喉前拉了一灘屎、椰肉被機器轉輪刨成絲、發酸的菜味、魚腥味、顧客伙計老闆身上的汗水味，詭異地混成氤鬱之氣。豔陽曝晒，它緩緩發散於整個小鎮之中，在呼吸間充滿了小鎮人的身體。

舊街場的巴剎，是我小時候最熟悉的地方。從我五歲開始，婆婆每天一早都會帶著我去巴剎買菜。巴剎裡每個人都認識婆婆，所以我們走到哪裡都會有人跟婆婆打招呼，然後摸摸我的頭，問我有沒有乖乖讀書。

只要一有人搭話，我婆婆就笑吟吟地停下腳步，跟對方東拉西扯地聊個幾句。等他們聊完我們往前走幾步，又會聽見有人叫：「金姐早晨啊！帶孫子出來買菜？」婆婆只好又停下腳步，跟人打聲招呼。如此，不過兩條街的小巴剎，我們每天要走上一個多小時。

其實不止是巴剎，幾乎整個小鎮的人都認識我婆婆，不管走到哪裡都有人跟她打招呼，鎮上幾乎沒有人不認識她的。我婆婆說，這是因為我們家是R鎮上最早的家族。我太公初到R鎮是做礦工的，後來在礦場被塌下的土塊壓死，血肉模糊的屍體嚇得我阿公轉行去賣雜飯。等我阿公喝酒抽菸把自己弄死掉後，整個雜飯檔的生意就由我婆婆撐起來了。

我大伯常說這盤生意「吃不飽，餓不死」，每天一大早就要起來去買菜，收完檔回家天都快黑了，工多錢少，一輩子都不會發達。但我婆婆說賣雜飯好啊，人人都是要吃飯的，有人吃飯就有生意，生意不好就吃自己，多好。

婆婆那麼喜歡賣雜飯，真正的原因是她愛講話。以前還沒有麥當勞的時候，我們檔口生意很好，鎮上的人每天在我們這裡進進出出，婆婆手上一面做事，嘴巴還硬要和各桌的客人聊天打屁，人家說什麼她都要湊上一腳。你知道，八卦都是在飯桌上滋長的，大家飯吃飽了就愛講八卦。誰在吉隆坡包了二奶、誰家兒子開車撞死人，鎮上的流言沒有半件能逃過我婆婆的耳朵。

也因為婆婆跟什麼人都可以聊，長久下來就累積了一大堆瑣碎廣博的知識，舉凡風水命理、金融風暴、腰痠骨痛、婚喪嫁娶、大選局勢、橡膠行情……

她都能夠講出一番有模有樣的道理來。所以鎮上人有什麼疑難雜症，首先會想到王記去喝一碗豬雜湯，問問金嫂的意見。家裡有什麼紅事白事，一定也不會忘記請我婆婆去喝酒弔喪。

那些晚上，婆婆剛放工到回家就帶我出門。辦大事的人家在家門前搭起鐵棚，棚子底下亮著橙黃色的燈泡，昏黃微弱的光散落在小鎮的夜晚中。婆婆緊緊牽著我的手，我們在鎮上來回奔波，從婚宴跑到喪禮棚下，再從喪禮趕去喝滿月酒。不管到小鎮的哪個角落，前腳一踏進去就有人大喊「金嫂來了！」婆婆滿面笑容地和人打招呼，有時開黃色笑話調侃新人，有時握著主人家的手，在耳邊低聲安慰。

每個小鎮人走到生命的某個階段，回想起他們一生中的大事，背後都隱約有著金嫂的身影。我婆婆是一本賬簿，小鎮的過去與現在，每一個人的出生和死亡，每一片屋瓦上的紋路，她都記得一清二楚。

那時我才六歲，小鎮對我而言很大，從白天到夜裡都泛著迷濛的光澤。

火車開通之後，鎮上人到吉隆坡更方便了，吉隆坡裡的時髦玩意也陸續進來。我六歲那年，鎮上發生兩件大事，第一件是鎮上出現了第一家麥當勞，第二是我們終於有了戲院。我之所以會記得這兩件事，是因為他們都和 Godzilla 有關。

那是一九九九年，日本來的怪獸 Godzilla 從好萊塢撼動了世界，吉隆坡的電影院天天都客滿，看過的人都在吹噓那隻恐龍有多麼逼真刺激。電視廣告和報紙上滿滿都是 Godzilla，連舊街場上賣的玩具和童衣，上面也一定要印著 Godzilla 圖樣，遠遠望去一片青綠色。鎮上雖然沒幾個人真的知道 Godzilla 是什麼，但從大人到小孩，人人都感受到遠處傳來的怪獸氣息。

麥當勞是吉隆坡人開的，他們在舊街場旁邊闢了一大片空地，沒幾個月就建好了一座超大的麥當勞。小鎮人很少看到那麼豪華的餐廳，黑色的屋頂、透明的玻璃牆壁，紅黃相間的包廂座椅齊刷刷地擺著。停車場豎著一根兩層樓高的柱子，一個黃澄澄的「M」字在上面閃閃發亮。

麥當勞開張後，婆婆只帶我去過一次。那時我在電視上看到麥當勞會送Godzilla模型，有一天去完巴剎，我裝作漫不經心地說想看新開的麥當勞。計畫成功，婆婆提著大包小包的菜跟我到麥當勞裡去，點了兩個漢堡，買到我要的Godzilla。

當天的白日依舊猛烈，我們婆孫兩人坐在明亮的餐廳裡啃著漢堡，冷氣呼呼地吹，我細細把玩手中的模型。Godzilla大概有我的巴掌大，眼睛是血紅色的兩點，全身爬滿灰黑色皺紋，我摸著它結實的肌肉，感受它從背上一直延伸到尾巴的尖刺，著迷得連漢堡都忘了吃。

我婆婆也沒吃多少，她掀開漢堡檢視裡面的配料。

「這樣一粒包要八塊？」

如果我沒有記錯，鎮上的戲院比麥當勞更早落成，但真正讓我留下印象的事也和 Godzilla 有關。戲院建在舊街場旁邊的山上，門口正對著對面山腳的火車頭。從火車頭走出來，一抬頭就看得到「流金戲院」四個大字，下面還有當月主打電影的海報。我婆婆說，戲院占的位置是鎮上數一數二的風水寶地，當年鬼佬傳教士一來我們鎮就看中了那地方，買了下來起教會。為了招徠客人，傳教士們在屋頂上面擺個大大的十字架，晚上一亮燈，白茫茫的聖光就籠罩整個小鎮。

果然，傳教士們沒幾個月內就吸引了大批鎮民去信耶穌教，一到禮拜天大堂裡連坐的位子都沒有，沒兩下就說要籌款擴建了。

鎮上賣五金起家的萬喜，是教會建材的供應商，他自己去了幾次，看傳教士隨便講幾句話生意就那麼好，不免越看越眼紅。於是他跟鎮上的議員還有宗教司出去喝了幾次茶，後來就硬生生地逼走了鬼佬傳教士。

萬喜把十字架拆得一粒燈泡都不剩，原地起了更大更豪華的，R鎮有史以來第一座戲院。

「流金戲院」建成在鎮上轟動一時。為了這座戲院，萬喜把棺材本都投了下去。三層樓高的戲院，裡面有兩個小廳一個大廳，戲院外牆粉刷成亮黃色，售票處請了一批年輕女郎值班，兼賣爆米花和汽水，連掃地的大嬸都要穿繡名字的黑色制服。

萬喜心裡盤算，戲院這檔獨市生意加上風水加持，不用半年就可以回本，之後年年賺個盆滿缽滿。

戲院開張的那個晚上，鎮上的人幾乎都湧去看熱鬧了。不過那天小我三歲的堂弟阿光忽然發高燒要送醫院，全家人亂成一團，沒人有空帶我去，害我失落了好一陣子。隔天聽去過的同學說，那晚萬喜站在戲院門口笑瞇瞇地和眾人打招呼，戲院裡三個廳都坐滿了人，爆米花賣到盒子都不夠用，最後都用舊報紙包。

可惜的是，萬喜很快就笑不出來了。

戲院座無虛席的境況只維持了三天，隨後每況愈下，三個月以後，兩百人的大廳開場前連五個人都湊不滿，營業一天就虧本一天，後來連外牆大燈都不捨得開，只開著門口的照明燈，天黑後山上只見一團昏蒙骯髒的黃色。

在夜市裡賣翻版CD的翻版明，吃飽飯後說萬喜是「聰明一世，胡塗一時」，他悠悠地抖腳跟我婆婆說：「我們每天做工做到七晚八晚，回家看看電視就差不多要睡了，幹嘛還花錢去看戲？真的想看戲，跟我買幾個CD在家裡看不是更舒服？戲院在R鎮搞不起來的啦！」他下了結論，一口氣喝完涼水冰，咀嚼杯子裡剩下的冰塊。

來我們家吃飯的客人都說，戲院快撐不下去了。婆婆點頭認可眾人的意見，不過她補充，萬喜搞砸這盤生意還另有原因：「那塊地呢，本來真的是塊寶地，不過之前鬼佬的十字架插下去就壞了風水，阿萬取名字又要取什麼『流金』，流金流金，金還沒進來就流完出去了囉！」

婆婆語帶惋惜地搖頭。「哎呀，阿萬如果早點來問問我，就不會搞到現在衰收尾了。」

我不確定萬喜是否知道小鎮人對他的議論，但他終究是見慣大風大浪的人，不可能眼睜睜地看著自己棺材本在小鎮人的愚昧中淹沒。也是在我六歲那年，萬喜也感受到 Godzilla 從遠方傳來的魅惑氣息，他知道自己必須抓住這次機會奮力一搏。

萬喜要把怪獸 Godzilla 引到小鎮裡來。

事情決定了，他跑到吉隆坡砸大錢買下了 Godzilla 的帶子，在開播的前兩個禮拜就開始四處為電影作宣傳。首先他印了好幾千張傳單，夾在送報佬的報紙裡面發還不夠，他請人在巴剎和舊街場上發、叫自己兒子到學校裡面去發，務必讓 Godzilla 進入每個小鎮人的家裡。

末了，萬喜訂了一張巨幅海報，上面印著布滿裂縫的灰色眼眶，一隻血紅色的瞳孔在其中滾滾燃燒。那海報立起來有整整兩層樓高，萬喜把它掛在外牆上，正對著火車頭和整個舊街場。他特意添購了幾盞聚光燈，晚上所有的燈光同時打在海報上，殺氣騰騰的巨眼怒視著整個小鎮。

白天在火車頭和街上來回的人一抬頭就看到那幅海報，沒有人能夠忽視那隻巨眼的存在。到了晚上，戲院的燈火就更加耀眼灼目，山頭上光猛猶如野火焚林。在海報立起來後，小鎮人無時不感到一種惘惘的不安。

電影開播前一天的下午，萬喜親自來到我們檔口找我婆婆。那個時間店裡人很少，萬喜一進來就大聲和婆婆打招呼。兩人寒暄幾句，萬喜笑瞇瞇地摸著我的頭，把兩張票塞進我的手裡，對婆婆說：

「金姐你一定要來捧場啊，現在鬼佬戲的科技很厲害的，保證你那麼大年紀都沒看過那麼精采的戲。也帶傑仔一起去看啊，當給他見見世面。」

「哪裡好意思！傑仔，還回給叔叔。」

「哎呀金姐，大家那麼熟不會不好意思啦，傑仔也想看對吧？」萬喜再次摸摸我的頭，「就這樣約定啦！金姐幫我多跟客人宣傳宣傳就好，不用跟我客氣的。」

萬喜買了兩包雞飯，說趕時間先走了。

婆婆笑瞇瞇地送他離開。

我緊握手中的票，心頭微微顫抖。

Godzilla 在小鎮上映當天，夕陽還沒落下山頭上就亮起了所有的燈。流金戲院外燈火燦爛，放工放學的人們遠遠就看到巨眼的召喚。

婆婆那天叫爸爸顧著檔口，早早就放工回家。她幫我換上最好的衣服，牽著我的手往戲院走去。

出門前堂弟阿光鬧著要跟，我和婆婆騙他說恐龍會吃小孩子，嚇得他大哭。但其實我和婆婆都不知道恐龍究竟是什麼，也不確定恐龍會不會吃小孩。成功嚇退阿光後，連我自己都有點怕了。那是我第一次看戲，我帶著我的 Godzilla 模型出門，一面走路一面盯著山上那隻巨眼，手心感覺到 Godzilla 的背刺。

我越走越慢，婆婆緊緊地拉著我向前。

戲院門口早擠滿了等開場的鎮民，我們前腳剛到，跟婆婆打招呼的聲音此

起彼落

「金姐，帶孫子來看戲啊？」

「是啊，當作給他見見世面」婆婆點頭微笑，一一應答。

戲院前的空地上掛滿燈泡，幾個賣糖果零食的小販在大聲吆喝，印度人蒸Kacang Putih的白煙四散，空氣中瀰漫著黃豆淡淡的甜味。小鎮人圍成散亂的圈子，竊竊私語，大聲哄笑。我婆婆和眾人打完招呼，也跟幾個熟客聊起萬喜在吉隆坡包的二奶。

在人聲喧鬧中，我忽然覺得安心了。這就像跟著婆婆出門的無數個夜晚一樣，我發現看戲和婚宴喪禮並沒有什麼分別。

進場前婆婆買了一包Kacang Putih，等我們跟著人群坐定後，她抓了一把放在我的手心裡，叫我慢慢吃。但那時我全副心思都在屁股下的椅子。我從來沒坐過戲院的折疊椅，剛一坐下去屁股就被吃進去了，我越動椅子就夾得越緊，大半個屁股都被夾在裡面。婆婆跟鄰座的一家人正聊得高興，我怕人家知道我連坐都不會坐，只好半縮著身體假裝吃 Kacang Putih。

燈暗下來了，喧鬧逐漸沉靜，只聽見椅子「吱吱」作響的騷動。

我聽見遠處冷氣機暗沉的馬達聲，戲院好像越來越冷了。

我忽然覺得有點想尿尿。

一方白光打在前方的幕上，我轉過頭去尋找光的來源。

漆黑之中，我看見有白光從眾人背後的小洞射出，小洞的背後到底有什麼？我忍著尿努力思索，Kacang Putih 在我左手心裡泛起暖意，恐龍的背刺鈍鈍地壓著我的右掌心。

然後音樂響起，萬千世界遽然展現。

電影開始了。

電影演了什麼我早就忘了，當時我聽不懂英語，字幕上的字也認不得幾個。我只記得恐龍第一次出現在城市中時，我的膀胱脹得發痛，但全副精神都被那純粹的破壞力量所震懾。

銀幕上的恐龍竭力嘶吼，戲院的椅子隱隱震動，它在柏油路上一腳踩出一個腳印，尾巴掃斷大樓，磚頭瓦礫飛散。

我快忍不住尿意了，轉過頭去想要叫婆婆，卻發現她正安詳地睡著。

飛彈呼嘯而過，機關槍子彈和急切的無線電雜音在城市上空交錯，恐龍踩爆了一台計程車，火光四射，人們在斷壁殘垣中尖叫奔跑。銀幕上的光影打在婆婆臉上，我婆婆卻一臉安詳地睡著了，嘴角一絲口水反射著光線。

我往婆婆旁邊看，發現鄰座的大叔和他老婆也都睡著了。他們家的小孩瞪大著眼睛盯著我。

城市在我們面前毀滅，但整個戲院的大人都睡著了，所有尿急的小孩面面相覷。我想起翻版明的話，小鎮人的工作太累了，他們沒有精神看這樣的戲。我不敢叫醒婆婆，夾緊的雙腿不斷抖動。銀幕上的暴雨好像沒有停止過，我強迫自己投入到電影裡面，卻不停地想著電影什麼時候結束，想著婆婆什麼時候要醒來。

在恐龍終於被抓住的時候，婆婆睡醒了。

她瞇著眼睛，看著暴龍被纏在火車路上，巨大的身軀嗥叫扭動，戰鬥機從四面八方發射導彈轟炸。大概是因為不適應光線，婆婆的眼眶泛著淚光。

「婆，我想小便。」我拉著婆婆的衣角說。

婆婆如夢初醒，她低頭看了我好一會，然後說：「喔。好，要小便就走吧，恐龍死掉也沒什麼好看的了。」她拉著我的手，我們穿過熟睡的人群走向廁所。暢快淋漓地拉了一大泡尿。

「看電影也就這樣而已嘛。」我這樣對自己說。

當天晚上，我夢見Godzilla出現在我們鎮裡。它挖空火車路下的泥土，忽然從火車頭裡爬出來，背刺把火車頭的天花板撐破，腳爪踩裂舊街場的大路，尾巴一掃就夷平了整個巴剎。我驚慌地逃到我們的檔口，大聲警告吃飯的鎮民，但沒有人理會我的話。

沒有人聽見恐龍的腳步聲正隆隆接近，沒有人看見站在檔口前面的龐大怪物。他們繼續工作、喝豬雜湯、打小孩和包二奶，婆婆坐在眾人中間笑吟吟地聊是非。Godzilla 以血紅的眼睛怒視著我們，最後它迅速俯身下來，一口把奶奶的上半身咬斷。

從夢中驚醒，我發現自己尿床了。天亮，我慌忙地想著要如何瞞過尿床的事，還沒意識到婆婆今天忘了叫我起床去巴剎。我走出門外，發現整個家空蕩盪的，沒有半個人影。

客廳裡留了便條，我爸說婆婆昨天進院，叫我自己顧家。

那年我只有六歲，但這些事情我都記得清清楚楚。幾個月後，我爸把我送到吉隆坡去上比較好的小學。這段期間婆婆沒有回來過，我爸說婆婆中cancer，不能太累，等她身體好一點才帶我去看她。我說好。我爸還叫我去到吉隆坡要用功讀書，長大後去新加坡做醫生，賺大錢回來孝順婆婆。我也說好。

萬喜的戲院最後還是撐不下去，一個月後萬喜病倒，戲院也隨之倒閉了。

2.

今年我再次回到了小鎮。

回家的路漫長迂迴。天還沒亮我就從宿舍出發，匆匆趕到機場，登機，睡覺，下機。

在香港轉機，吃了一碗翠華園的湯麵，然後再次上機，睡覺，到吉隆坡下機。我在吉隆坡機場迷了一段路，買了個麥當勞套餐，然後搭巴士到吉隆坡總站。下車，上火車，睡覺……

等我回到R鎮火車站的時候，天已矇矇的要暗了。

夕陽把火車站的陰影投射在大路上，隱約可以聽見遠處回教堂的吟誦聲。正好碰上下班時間，車站裡人很多，站前的馬路也塞滿了車子和巴士，紛雜的聲音密密麻麻地填滿小鎮。四處是蒸騰的鄉音和汗水味，小鎮合身地將我穿上，我忽然有種從未離開的錯覺。

我在車站前攔了輛計程車，告訴司機我家地址。計程車是十幾年的老普騰，收音機裡播著我沒聽過的馬來歌。冷氣隆隆作響，卻一點涼意都沒有。車子前進得很慢，小鎮這些年來車輛多了幾倍，馬路卻沒什麼整修過的樣子，尖峰時段大街上的車子根本動彈不得。

舟車勞頓了一整天，我只想在車上安靜的休息一會，但司機馬來大叔一聽見我從國外回來，就興致勃勃地要跟我聊天。他嘮嘮叨叨地說話，我努力忍住哈欠敷衍著他。

我真累得要命。

這次回來，一半是因為我表弟，一半是因為婆婆。我七歲那年離開小鎮，十五年來回家的次數應該不超過五次。在吉隆坡讀小學的時候是因為年紀太小，不敢自己搭火車。等年紀夠大後，人卻已經到了新加坡，要回家太麻煩。再後來到台北讀大學，那更不是想回就回的。

當然，或許這都是藉口，或許我不回家，是因為找不到回家的理由。R鎮什麼都沒有，回來的前幾天見見家人，逛逛小鎮還有點懷舊況味，但不到一個禮拜就悶得發慌。十幾年來都待在外面，在鎮上我連朋友都沒有幾個，R鎮對我而言已經有點太陌生了。前幾次回來，我最長也只待了兩個禮拜，之後就推說學校有事情，匆匆地回到吉隆坡。

難得的是，我家人並不十分在意。我阿爸每日早出晚歸開檔收檔，每個月定期匯錢給我，生活十年如一日。我們的生活都一樣重複且無聊，就算打了電話也是相對無言。我中學開始打工，後來跟家裡就絕少聯絡了。

所以那天我爸打來，劈頭就問什麼時候要回家，我馬上知道事情不妙。

「還不確定呢，看學校什麼時候放假吧，還要查查機票價錢……」

「最近找個時間回來吧，機票錢我匯給你。」

「到底什麼事？」

「你堂弟要結婚了。」

「結婚？哪個堂弟？」

「你還有幾個堂弟？就阿光啊！」

「阿光不是中學都還沒畢業嗎？結什麼婚？」

「還有為什麼？」我爸壓低聲音，怕被別人聽到似的：「搞大人家肚子啦！」

我十分震驚。阿光和我差了三歲，小時候我們都是由婆婆照顧，婆婆忙著做生意，我們兩個就在旁邊一起玩。阿光身材瘦小，皮膚白皙，常年都在生病，一副養不大的樣子。我小時候很討厭跟阿光一起玩，因為他仗著身體弱，大人比較寵溺他，一點小事就大哭大鬧。我看不慣他娘娘腔的樣子，一逮到機會揍他。等他哭著找大人，我早就跑得遠遠的了。

那個愛哭鬼，現在竟然一下就說要結婚了？我試著想像阿光穿西裝禮服的樣子，卻發現自己連阿光的臉都不太記得。那幾次回家應該有見過他的，但我一點都想不起他的面貌，印象只留在那個瘦弱多病的小鬼頭身上。這段時間內發生了什麼事？阿光後來做什麼去了？我腦子裡一片空白。

我對阿光一無所知，對小鎮人卻熟悉得很。在握著話筒的當下，我彷彿能清楚地看見一張張曖昧的笑臉，聽見細碎的氣音在嘴唇間逃竄。豬肉攤和鄰居的籬笆間傳來竊竊私語的聲音，輕輕咬噬著整個小鎮的腳趾。對小鎮人來說，未婚先孕是可恥的，跟性有關的背德事件帶著無法抵抗的魅力，素來都是小鎮人最愛的八卦題材。

流言早已曖昧地流遍了整個小鎮，為小鎮無聊的日常找到了活力。作為當事人，我們家裡人一方面對小鎮人的議論心知肚明，另一方面又不能戳破，只能假裝什麼事都沒發生，靠著裝傻來維持在小鎮的日常生活，靜待鎮民的新鮮感過去。

整個鎮上唯一對堂弟婚事感到高興的，大概只有我婆婆。我六歲那年，婆婆被診斷出腦癌，發現時已經是第三期了。當時醫生說情況危急要趕快治療，但我婆婆抵死不從，在醫院裡稍有意識就大聲哀叫著要回家，最後醫生只好叫我爸先把她帶回家再勸勸。

我婆婆一回到家裡，馬上跑到街上去找青雲寺的老廟公，老廟公卜了一卦，說「有驚無險，大步攬過」。婆婆欣喜若狂，從此更加不肯去醫院了。當時全家人的都氣瘋，我大伯喊著說要去拆了那個老神棍的廟，婆婆卻氣定神閒，每天早起上香。

這麼多年過去，老廟公幾年前車禍死掉，青雲寺轉賣，重建成高級茶餐廳，婆婆的身體卻還是和十五年前一樣健壯。她依舊每天五點起床上香，到檔口上坐著，晚上收檔過後回家洗澡，接著徒步把整個小鎮逛完一遍才回家。醫生驚訝地發現癌細胞不再增長也不曾消退，她的身體好像就定格在那裡一樣，什麼都沒有改變。

唯一變化的，是在婆婆腦中逐漸腐敗的記憶。她先是不記得鎮上小孩子的名字，接著忘了孫子的樣子，最後連自己兩個兒子都不認得了。在叫錯我阿爸名字那天開始，婆婆就不再說話，一直到堂弟的婚事叫醒了她。

我爸提起這件事還心有餘悸。當時天才剛暗下來，婆婆照慣例出門去散步，我爸就在廚房忙著收檔。約莫半個小時後，他背上忽然狠狠地被打了一下，他轉身發現滿臉怒容的婆婆：「阿發！光仔要結婚了？」

我爸吃驚地盯著我婆婆，那是多年來婆婆第一次正確地叫出他的名字，店裡在聊天的幾個小鎮人瞬間靜了下來，大家都瞪大著眼望著我婆婆。我婆婆顯然沒注意到眾人的怪異反應，她站在檔口前面痛罵著子孫不孝，沒有人敢插半句話。

「一群人像白痴一樣看著你婆婆罵了半個小時。」我爸在話筒對面笑了起來。

「什麼時候的事？」我問道。

「前幾天吧。」

「那婆婆現在身體怎麼樣？」

「應該是還好，不過現在不太到檔口去了，整天吵著要去大伯家弄婚禮的事。人家早就弄得差不多了，她什麼都要插手，你大伯被她煩得要死。」

「那婆婆……有問起我嗎？」

「有啊。」我爸沉默了一陣子，然後說：「她那天罵完人回家，第一個問起的就是你。婆婆說那麼多個孫子你最孝順，叫我問你什麼時候要回來。」

「是嗎？」

「婆婆還是跟你最親，她還記得你小時候最喜歡恐龍，每天拿著那隻恐龍玩具跑來跑去，晚上睡覺都要帶著，罵都不會聽的。還有你小時候整天尿床，要婆婆一早起……」

「那我下禮拜回去吧。」

小鎮這些年來變了不少。

計程車緩慢地穿過大街，我注意到當舖不見了，它隔壁的雜貨店還在，不過已重新裝潢，招牌上用歌德體題著英文字，也不知道是不是同一個人開的。

舊街場上的巴剎被夷平，司機說，市場搬到一座四層樓高的建築裡面去，乾溼分離各占一層樓，另外兩層做成室內停車場，還特別畫開一區來賣豬肉。

「很乾淨的，你明天可以去看看。」

還是有些事情沒變，雞飯佬的檔口還在同一個地方。今天是禮拜二，街場也照例開著夜市，計程車經過的時候我看到翻版明的老貨車停在路邊，幾個大嬸站在攤子前選光碟。

夜市旁邊是補習中心，放學時間，學生在門口來來往往。補習中心是近幾年才出現的，這裡原先是個銀行，再之前是什麼了？我努力回想，卻一時想不起來。

我的頭在隱隱作痛，還有點尿急。剛剛在車站應該先上廁所的，現在計程車剛離開大街，卡在車龍裡前不著村後不著店，只好先忍著了。

我疲累地閉上眼睛，但司機大叔仍兀自叨念個不停。他緬懷起馬哈迪時代的安居樂業，感嘆世風日下，首相越換越糟糕。「現在民聯輸掉了，恐怕之後日子會更加難過啊。」

他問我在國外聽過 Ultraman 被查禁的事嗎？「不知道，我很久沒看電影了。」我隨口敷衍他，心裡只盤算著什麼時候可以回到家上廁所。車龍移動緩慢，前方車子的剎車燈遠遠地延伸到路的盡頭。一回到小鎮就心緒不寧，我闔上眼睛都看得到一雙雙紅燈閃爍，像眼睛一樣盯著我。疲累之極，司機對鹹蛋超人的議論在我腦中迴旋。

一隻巨大的紅眼忽然睜開。混沌之中有光出現，滾滾燃燒的瞳孔瞪視著我。眼睛的紅光映照出遍布鱗甲的頭顱。瘦骨嶙嶙的腳爪壓下在車頂上，計程車的每個細縫都嘎嘎作響。

我猛地驚醒，計程車仍在緩慢前進，司機大叔正在說他第三個老婆的故事。一股異樣的衝動閃過，我翻過身去，從後車廂泛黃的玻璃中尋找它。

燈火暗淡的山頭上，我看見一隻血紅的眼睛回望著我。

十五年過去，海報被雨水洗得泛白，四處都是裂縫和汙跡，讓巨獸的眼眶更顯蒼老，但眼眶中的火仍像夕陽一樣滾滾燒著。

眼睛在我心裡蕩起一陣寒意，尿意忽然更加激烈，我夾緊大腿，痛苦地忍耐。等司機開到我家門口，我掏錢的時候差點就憋不住了，進門後，把行李丟在大門旁，衝進家裡。

我笨拙地撞開廁所的門，發現有人蹲在廁所裡刷地板。我婆婆一手抓著刷子，抬頭認出我後燦開了笑：「回來啦？」

「喔，回來了。」我說。

3.

十五年過去，但我婆婆近乎頑固地留住了時間。她把家裡新買給她的衣服都塞到衣櫃深處，身上穿的永遠都是那幾套。因為長時間的刷洗和磨損，那些衣服都被洗成一致的灰白色，讓婆婆看起來每天都穿著同一件衣服。醒來後的婆婆一樣愛笑，愛和鄰居聊八卦談是非。問起這十五年來發生的事，婆婆一概笑而不答，機靈地把話題轉到我小時候愛尿床的事。

一切未曾改變，我好像從來沒離開過小鎮。

當然，這都是自欺欺人。我再怎麼不願意承認，改變仍劇烈地在我眼前發生。醒來以後婆婆的身體以驚人速度衰老。我每隔幾天就可以明顯地察覺到她身上的變化，先是頭髮在幾天內全都白了，原有的皺紋不斷加深，接著新的皺紋又在意想不到之處裂開。婆婆的眼眶深陷膚色暗沉，老人斑爬上手臂，家裡的地板四處散落著白髮。

短短兩個禮拜內，她從每天徒步行走小鎮一圈，衰弱到只能留在家裡做家事。

最後連走都走不動了。

即便如此，婆婆依舊精力旺盛。我回來的這段日子，每天一大早她就在客廳等我起床，然後要我開車帶她在小鎮裡逛逛。我睡不習慣家裡的床，那時候睡眠品質極差，每天晚上都噩夢頻頻。但為了婆婆，我還是硬撐著早上五點起床，陪她在小鎮裡漫無目地地閒逛，吃早餐，跟相熟的老人聊天。

婆婆雙腳無力，上下車都需要我的攙扶，我觸碰到她溫軟的肌肉，手心忽然記起被婆婆牽著行走的觸覺。

那幾天小鎮陽光燦爛，斜斜的日光從車窗照到婆婆臉上，她以眼神撫摸整個小鎮。

我看見龐大的黑影在地底下穿行，背脊的尖刺犁動泥土和礦坑。火車頭、舊街場、電影院，小鎮早已被挖空，他們的腳下只剩薄薄的一層地皮勉強支撐。我們不要忘記 Godzilla 是母龍，一切殘暴與肥大都是為了孕育未來的可能，在小鎮人都睡著的時候，她在地底下痙攣陣痛，把白色的卵布滿了整座小鎮。當飛彈在地面上爆炸，開往吉隆坡的火車隆隆經過，所有新生的恐龍蛋都會輕微顫動。夜裡，恐龍蛋裡面有聲音在竊竊私語，敲擊蛋殼。如果夜夠深，我還看得見一點點的紅光穿透蛋殼。一閃一閃，無數隻小眼睛在小鎮地下等待出殼。他們是 Godzilla 的孩子，他們饑腸轆轆，但 Godzilla 愛他們。

婆婆日常巡視的最後的目的地，總是大伯的家。

「去你大伯家看看。」

婆婆假裝漫不經心地說，但我們都知道這是她唯一念茲在茲的事。我載她到大伯家，大伯把門打開讓我們進去。他也不上來幫忙，只默默地看著我把婆婆扶到客廳裡坐著。上午的太陽白森森地咬著小鎮，大伯扭開電視，我跟婆婆都氣喘吁吁，好一段時間都沒人說話。早上起得太早，又東奔西跑的，我剛坐下頭又昏沉起來。

「阿光怎麼不在家啊？」我婆婆打破沉寂。

但大伯不太想回話，過了好一陣子才不情願地說：「在上學啦。」

我迷茫地回憶阿光的樣子。

「阿婚禮辦的怎麼樣？」

「哎呀，老媽子你好好休養，不要擔心這麼多，這些我們會弄的。」

「你們會弄？搞那麼久連日子都還沒選好，什麼叫你們會弄？你們懂得有你媽多嗎？我講什麼你們都不聽，你們會弄？」

大伯一臉不悅，我拉著婆婆想制止她，但她還是滔滔不絕地說起來了。

「阿財，結婚不是開玩笑的事情。要辦就好好辦，日期要趕快選了，這個月好日子很少，再拖就過完了。擺酒要擺幾桌？禮金聘金談好了沒有？八字有沒有去問？婚禮要請誰去？每一件都要想好好啊，不要到時禮數錯了就笑死人……」

大伯的眼睛死死盯著電視。婆婆的聲音在悶熱的客廳裡流轉，電視裡面有人哄堂大笑，熱浪迴旋，我的頭痛更劇烈了。

Godzilla從礦坑裡鑽出地面，發現小鎮已過於擁擠，他龐大的身體無處迴旋，每個轉身都勢必要把一切撞到。戰鬥機迴旋，暴雨落下如導彈，廢墟散落空中，Godzilla 的孩子即將孵化，它們茫然四顧，找不到母親也找不到魚。哪裡有魚？孩子們望向曾經聖光四射的山頭，卻什麼也看不到。

回家之前，婆婆扶著車門不讓我關上，數次提醒我大伯要趕快決定日子。「其他都算了，日子再不選會來不及！你倒是輕鬆慢慢等，人家女方等得及嗎？我等得及嗎？所以說日子要快點選，早跟你說這個禮拜好日子比較多，過完就要等幾個月了，懂懂懂，你們到底懂什麼，日子要先選……」大伯敷衍地應了幾聲，把大門關上。婆婆悻悻然地上車，仍舊碎碎念個不停，而我仍然記不起阿光的樣子。

阿光結婚的日子其實早已選定，全鎮人都收到了請帖，只有婆婆對此一無所知。消息靈通的小鎮人甚至在收到請帖前就知道了婚禮日期，只是沒有人敢告訴我婆婆。

本來表弟早婚那麼丟臉，全鎮人都以為大伯會隨便擺幾席低調了事，我大伯偏要反其道而行，他要辦一場鎮上從未見過的大婚禮。婚禮走西洋白色婚禮風格，淡雅高貴，省去一切多餘的繁文縟節。喜帖是我大伯特意到吉隆坡去請人印的，白底燙金，封面用英文花式書法題字。那張白色的喜帖在小鎮迅速散布，所有半生不熟，勉強攀得上邊的親戚朋友都被請到了，鎮上有頭有臉的人物當然一個都少不了。小鎮久違地沸騰起來，街頭巷尾的人終於可以大聲談論金姐孫子帶球結婚的故事，從新人到婚宴，這場婚禮每個細節都讓人小鎮人興奮不已。

「你是嫌我們家不夠丟臉嗎？」我爸不止一次對我大伯抱怨。我大伯對此十分不屑：「就是要給這些鄉巴佬開開眼界，看他們還敢不敢在我背後說那麼多話。」不止是喜帖，連婚紗、禮餅、會場設計全都在吉隆坡做好，本來大伯連婚宴都要在吉隆坡酒樓辦，不過他怕小鎮人來得太少，所以最終決定租下鎮上的民眾會堂當婚宴會場。又為了遷就假日讓更多人出席，婚禮選在兩個禮拜後的禮拜天進行。

這些事當然不能被婆婆知道，光是白色喜帖就夠她鬧的了，大伯後來去查黃曆，還發現婚禮當天赫然寫著「忌嫁娶破土」。別的還可以敷衍過去，婚期是婆婆無論如何都不會善罷甘休的。

為了不讓大伯的精心策畫毀於一旦，他決定要瞞著婆婆。大伯吩咐家裡所有人都不能對婆婆提起婚禮的事，發請帖的時候還特意交代小鎮人先不要讓我婆婆知道。本來要小鎮人守口如瓶是不可能的事，但婆婆近來身體日漸衰弱，平時難得出門，出了門也都有我陪在身邊。即使她主動跟相熟的街坊抱怨大伯對婚禮的怠慢，小鎮人偷偷瞄了我一眼，就旋即把話題支開。

當婚禮的消息在小鎮沸騰，婆婆卻一無所知。

我大伯的意思是，拖磨到婚禮前一天才告訴婆婆，生米煮成熟飯，他吃定婆婆絕不敢在結婚的大日子鬧脾氣，在那以前不管婆婆如何追問，大伯都一問三不知地裝傻。

婚禮的日子一天天逼近，我和婆婆依舊每天清早出門，繞著小鎮逛圈圈。婆婆跟每個人都抱怨大伯，小鎮人眼神閃縮地看我，支支吾吾地撇開話題。上午我們照樣到大伯家，婆婆的脾氣日漸暴躁，對大伯說話越來越重，但大伯仍舊臉色鐵青不發一語。

婚禮前幾天，大伯要處理的事情更多了，他對婆婆每日的逼問也更加不耐煩，最後乾脆連門都不開。我們在車上按了幾次車笛，婆婆叫我下車拍打鐵門，但屋內始終沒有人出來回應。

我透過窗簾間的縫隙，看到客廳裡的電視正在播映，婆婆坐在車上，我不確定她是不是也看到了。她說：「回去吧。」

在回家的路上，婆婆叫我不要像我大伯一樣，做事沒有定性，婚姻大事都拿來搞搞震，把好日子都誤了。然後她對我數說婚禮的細節，三書、納采、問名、文定、請期……一直到我們回到家，我抱著婆婆在客廳裡坐下，她還自顧自地說個不停，我疲憊不已，只能假裝專心地聽著。

過了很久我才發現，婆婆說話的時候眼神始終望向窗外，好像根本不是在對我說話似的。

Godzilla驚覺自己迷路了。她曾從太平洋跨海而來，當時她才剛剛被輻射照耀，對自己身體變化感到驚奇而恐懼，但潮流是溫暖的，漆黑的海水中她看得見遠處閃耀的山頭。長久以來蟄伏於地，她以為自己終於不用遷徙，一覺醒來卻驚覺土地自己完成了自己的遷徙。因為四處都在發光，Godzilla再也找不到光，她試圖重新嘶吼，甩尾，踩踏。高樓落下但無人奔逃，導彈落下如同暴雨。她的白卵即將孵化，哪裡有魚可以餵食他們？

婚禮後天舉行，大伯打電話給我爸，說也該是時候告訴我婆婆了。我爸說，整個家族裡我跟婆婆最親近，這個任務應該交給我。那天我徹夜未眠，天還沒亮就坐在客廳等婆婆起床。婆婆出來看到我時略顯驚訝，不過她沒說什麼。

天亮後，我們依照慣例開車繞了小鎮一圈，上午到大伯家敲門，依舊沒有人回應。從大伯家回來，婆婆讓我把她抱到家門口。大門前沒有半個人影，婆婆倚靠著大門，就這樣痴痴地望著空無一人的馬路。

我知道現在是最後的時機了。

我從房間拿出喜帖，坐到婆婆身旁。

我低著頭告訴她明天就是婚期。

婆婆的反應出乎意外地鎮定，她視線始終沒有從大街上移開。陽光在婆婆側臉的皺紋上陷落，形成一道道暗沉的裂痕，我忽然意識到婆婆連白髮都稀疏了，蒼白的頭皮上爬滿深褐色的斑點。

婆婆始終不發一語，我不知要如何應對，只能一鼓作氣地說話，設計新穎的請帖、吉隆坡運來的婚禮燈飾、十菜一湯、冷氣大會堂……我不斷地說話，把這個月以來小鎮人所談論的一切都告訴了我婆婆，但我婆婆卻連眉頭都沒皺一下。

當我疲憊不堪地停下，日影已西斜。我口乾舌燥，再也不知道要說什麼，兩個人就靜默地看著太陽陷落。

等太陽的最後一絲光芒湮滅於山頭上，婆婆才忽然打破沉默，要求我再帶她出門逛逛。

我們再次回到小鎮中心，這一次換婆婆多話了起來。她指著每一戶人家的門，告訴我這一戶是賣豬佬的家，那一戶是補皮鞋的，她告訴我每一個小鎮人家裡的奇聞軼事和孩子的乳名。夜晚鎮中心的大樓都亮起了燈，婆婆視若無睹，指著銀行告訴我翻版明老爸在錫礦場跌死的故事，並且要我記得，如果要在巴剎裡買肉包，千萬不要跟藍色遮陽傘下的那個陳嫂買。下班時段路上塞滿了車，我們緩慢前行，婆婆屈著手指細數小鎮掌故，在每一個路口指引我前進的方向。在婆婆的引領下，我們最終到了煤炭山上。山頭上已經很久沒有人經過，戲院的外牆油漆斑駁，長滿了壁癌和藤蔓。就著橘黃色的微弱路燈，我們再次看到了那隻巨眼。

經過十五年的風雨飄零，大海報的裂口都已卷起白毛，所有的線條都失去了原來的形狀，但巨眼朦朧的輪廓仍死盯著山下小鎮。小鎮在發亮，我們看見火車頭裡的火車剛剛進站，大街上人群湧動。我婆婆瞇眼俯視，她滔滔不絕地說話，我抱著她的手臂開始發瘦顫抖，身上的汗水浸溼我婆婆的舊衣服，天色越來越暗，婆婆的聲音也越來越沙啞……。

當天晚上，噩夢格外凶狠地向我襲來。我夢見舊街場和新大樓在小鎮的土地上輪流升起，然後相繼倒塌。無數的小恐龍於廢墟中尋找一切可吞吃之物，他們的紅眼睛閃閃發亮。忽地大地震動，天上有大火落下，小恐龍和尚未孵化的胚胎在巨大的蛋裡一同爆炸，蛋液沸騰，它們還未學會嘶吼就已焚燒至死。Godzilla看著這一切，一秒都不曾眨眼。然而Godzilla是沒有眼淚的。天火燎原，暴雨落下，小鎮長大後怪獸已無處容身。

我從噩夢中驚醒，全身溼透，連褲襠下都是溼冷一片。慌忙地爬起身來想要清理，才發現天色已經大亮了。我走到客廳去，婆婆並沒有在客廳裡等我。我打開婆婆的房門，發現她一動也不動地躺在床上，身體僵硬，氣息停止。我叫了她幾聲，輕輕地搖她，她都沒有回應。

我意識到婆婆已經死了，心裡卻出奇的平靜。

4.

明天就是婚禮了，喃嘸佬、我大伯、我爸和我圍在婆婆的床邊，沒有人知道該怎麼辦。到底要先辦婚禮還是葬禮？這種事沒有人有經驗，全鎮唯一知道答案的人，現在冰冷地躺在我們面前。

大家看著大伯等著他定奪。大伯沉吟片刻後，決定按原定計畫辦婚禮，他說：「婚禮的場地早就訂好了，東西也準備了那麼久，要改期也來不及通知全鎮的人吧？」

「那老媽呢？」我爸問。

「就先放在家裡，叫喃嘸佬唸著經等等吧，婚禮辦完馬上辦。這樣應該可以吧？」大伯望向喃嘸佬。

喃嘸佬好像自己也不太確定，遲疑地望了我們一眼，才回答說：「應該是可以的吧。」

事情就那麼定了。

婚禮當天，會場裡的冷氣全開，轟隆隆地將暑氣隔絕於外。小鎮上夜空澄淨，鮮白色的民眾會堂用氣球和紫色繡球花點綴起來，中間的走道鋪了一張大紅色的地毯，門前還有假花編織的拱門。各處的日光燈亮起，婚禮在漆黑的小鎮中發光如珍珠，這是小鎮人從未見過的盛宴。

全鎮的人幾乎都到了，每個人都對這場地嘖嘖稱奇。我大伯一身西裝，笑瞇瞇地在門口迎接眾人，「恭喜恭喜」、「賞臉，賞臉。」，我大伯紅光滿面，把眾人給的紅包交給他老婆點算。

小鎮人剛進到會場都興致勃勃，抬頭看看布滿天花板的銀白色氣球，摸摸絲絨桌布和金色餐具，討論桌上的花籃是不是真的。人們貪婪地觀看及說話，我坐在眾人中間，覺得這樣的場景似曾相識，恍惚間不知道自己身在何處。會場裡播著Yiruma，在各種聲音裡我好像隱約聽見了喃嘸佬的誦經。

婆婆的房間裡燈光暗淡，她靜默舒適地躺在木頭裡面。

時間已經很晚了，會場裡坐了八九分滿，但婚禮遲遲還沒開始。小鎮人們漸漸對新穎的會場失去了興致，轉而試探彼此禮金包了多少、研究菜單上晦澀的菜名，當然，還有討論新娘婚紗下的肚子。

我看見大伯滿頭大汗地來回穿梭會場，我爸低聲告訴我，中央空調好像壞掉了。會場裡失去了冷氣的馬達聲，大家覺得越來越熱，不免開始騷動起來，背景音樂的每一個休止符下都墊著一層嗡嗡的私語。

我婆婆緊閉雙眼，她的心臟與這些私語聲共鳴，她的尾巴緩緩地跟著節奏打拍子，讓棺木格格作響。喃嘸佬想必不會注意到，他雖然在口中誦唱經文，心思早就飛到了婚禮之上。

穿黑色套裝的大妗姐上台，婚禮終於開始了。新人在婚禮進行曲中走過紅地毯，大家用力地鼓掌喝采，眼睛卻死死盯住新娘的肚皮。

我終於看到了我堂弟，他理著平頭，依舊蒼白而削瘦，和十五年前的長相竟然沒有太大差異。他穿著明顯過大的灰色西裝，羞澀地挽著身形嬌小的新娘。新娘的連身長裙讓她走得絆絆磕磕的，短短一程路走了五分鐘才走完。

大妗姐在開新人玩笑的時候，第一道冷盤終於上了，饑腸轆轆的眾人忙著夾菜，沒有人在意臉紅得說不出話的新人。

菜上得很慢，每一道菜上來都弄得漂漂亮亮的，光是擺盤的花花葉葉、蘿蔔醬汁就占了一大半，卻沒有幾塊肉可以吃。已經晚上九點多了，下午空著肚子要來飽餐一頓的小鎮人，現在都餓紅了眼，菜剛上來就一哄而上。

我們家親戚根本不敢多吃，大伯怕請來的大老闆們吃得不高興，把我們桌的菜餚全都送過去了。

菜上到一半，我大伯在台上放了幾張椅子，說是時候讓新人給大家敬茶了。眾人都大為吃驚，沒想到大伯在白色婚禮中還保留了這套傳統。

大伯用麥克風請我爸媽上台，他們手足無措，在眾人注目下只能扭扭捏捏地上台坐著。新人跪著向他們敬茶，我爸說身上沒有紅包袋，大伯微笑，從身後拿出一疊紅包出來給他。

眾目睽睽，我爸拿出幾百塊放進紅包裡，交給我表弟。大伯依照輩分一一點名，阿光在家族裡輩分最低，因此除了和我同齡的幾個人之外，連遠房親戚都無一倖免。

眾人餓著肚子看台上的鬧劇，有人借尿遁全家溜走，有人狠下心來叫服務員再開幾瓶威士忌。

我爸從台上下來後拚命說丟臉死了，兩父子都拖衰家。

我知道，現在在這裡發生的所有細節，明天早上就會傳頌於小鎮的每個角落，連不在場的喃嘸佬都會知道得一清二楚。

這一次他們不用擔心會被我婆婆聽到了。

5.

當天晚上十二點，我們疲憊不堪地回到家裡，喃嘸佬說再不出殯就要發臭了。於是決定明天一早就辦葬禮，後天出殯。

喃嘸佬出去打了幾個電話。幾個小時後來了一群工人幫忙搭鐵棚，掛白布，設靈堂。婆婆和棺木一起被移到客廳，藍黑色的喪服和大包的冥紙元寶一起送到，家裡又開始鬧哄哄起來。

早上十點，我們紅著眼睛打電話給各個親戚，告訴他們婆婆去世的事。中午附近的三姑六婆陸續來到，他們圍在婆婆靈柩旁摺元寶，說人生真是化學，昨天婚禮都還沒跟金姐說到話呢。他們帶來的小孩在客廳裡亂跑，嬉笑叫鬧。

我望著婆婆的靈柩發呆。婆婆的臉開始有點腫脹，老人斑的顏色愈加暗沉，乍看下像是長出鱗片來似的。因為天氣太熱，工人為婆婆加了好幾次乾冰，大量水氣將墨綠色的壽衣都打溼了，服服貼貼地黏在婆婆身上。

有個五六歲的小男生拉著我的褲管，叫我抱他起來看看靈柩裡面是什麼。旁邊的大嬸們聞言大驚，叫我把小孩趕到一邊去玩。

晚上，剛下班的小鎮人幾乎都趕來了，大伯也是。客廳門口掛著一幅白色的地府圖，他紅著眼睛站在底下，接受眾人的弔問與白金。眾人進門對婆婆的遺照拜了拜，圍在靈柩旁瞻仰遺容。

我拿花生和包裝飲料招待客人的時候，聽見眾人不勝唏噓地談起婆婆年輕時的意氣風發，以及當年婆婆如何幫助整個小鎮渡過難關。

喃嘸佬和他的徒弟們敲鑼吟誦，吩咐我們跪下，起立，圍繞靈柩，哭，叩拜，我乖乖地聽從吩咐。夜深了，屋頂下燈光燦爛，還沒離開的人圍著婆婆談天說笑，小孩子用冥紙折成紙飛機在旁邊玩。

我看著婆婆大汗淋漓，頭腦一片混沌。

山頭上那隻巨眼，現在也正疲累地望著我們嗎？

當晚喃嘸佬通宵唸經作法，我在鑼鼓聲中迷迷糊糊地睡下。一夜無夢，沒有Godzilla，沒有爆炸，也沒有大樓或阿鼻地獄。我在睡夢中隱約聽見客人低聲聊起昨日的婚禮。

第二天早上再做了一次法，蓋棺時我沒有上前去看。我們用走的送婆婆到山上的義莊，往棺材上撒了一把土，婆婆就下葬了。

眾人疲憊地回家，小鎮經歷了這場大折騰，大概要等到數週後才能恢復它單調無聊的日常。我睡了一覺，早上起來就推說學校有急事，匆匆地離開了小鎮，一直到今天都沒有回去過。

6.

離家那一天，我在開往吉隆坡的火車上滑手機，看到新聞才知道當天有家連鎖電影院在小鎮上開幕，開幕首映是新版《哥吉拉》。

數月後我爸在臉書上告訴我，阿光生了個女兒，眼睛長得和新娘很像。

完美的打字機必須拋棄文字，直取人類的意念。
我眼前這台就是完美的打字機，所以當我一碰到打字機的鍵盤，腦海中每個思緒的聲音都開始說起中文，那個文字彷彿強硬地設定成為我的母語，我的手指自然地在上面跳動，不斷打出我前所未見的句子。

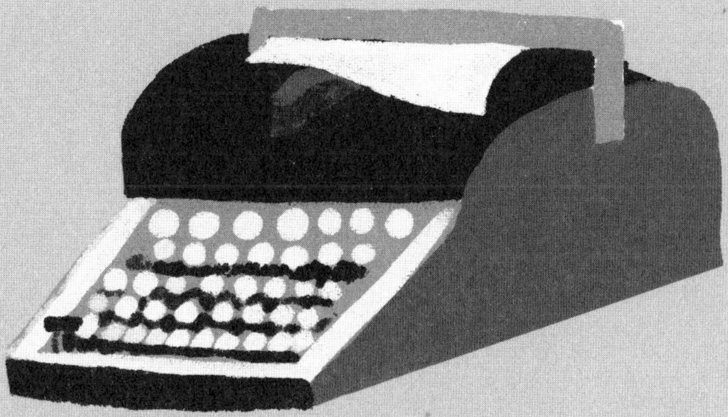

林語堂的打字機

先生告訴我：打字機是神聖的。

先生又說：在打字機的萬千諸神之中，中文打字機尤其神聖。

我對先生的話感到懷疑，而先生敏銳地意識到我輕微的躁動，他說：我並不責怪你的無知，如今人類日日消耗文字，在你們指尖下文字一日無數次死去又新生，以至於你們以為文字本就如此，忘記它原來有澈底死去的可能。然而百姓日用而不知，這本就是神聖的宿命，所以我並不責怪你的無知。

我羞澀地反駁：我並沒有這樣說。

先生沒有理會我的抗議，他陷入悠遠的回憶中：我還記得，那時中國的文字曾經一度面臨真正的死亡，就像古埃及文、古愛琴海文字或女真文，它們從此懷抱著各自的文明靜默不語。或許還有少數學者能以不同的方式嚴刑拷打，逼它們吐露自身包裹的意義，然而那都只是不帶生氣的化石，再也沒有人誕生於這些文字中。

我記得，中文和它所背負的世界，也曾經被外來的槍砲與船隻深深刺入腹部（至今天冷的時候，我仍會感到創口隱隱作痛），有無知的人認為，是中文字的老弱拖累了中國，「不能成為機器的文字並不適合這個時代」，他們這樣宣稱，因此生於中文的孩子迷戀於製造機器的語言，法文、日文、德文、俄文……中文被捐棄如同年老多病的母親。

然後打字機出現了，機器與文字融為一體，機器量產外國文字如同量產子彈，帶著迅速的消息在中國攻城略地。本質上難以適應打字機的中文，在這場戰爭之中更是兵敗如山倒，越來越多的人不再相信它的力量，古老的聖光愈加暗淡，於是開始有人認為，必須將中文作為祭品，割去其繁瑣字形，統一其無序字音，削去其糟粕字義，方能使中國進入現代時間。

先生悲切咬牙，他內心的震動傳達於我，我心脈深處經歷痛苦震盪。

先生強定心神，絞心的疼痛趨緩，他接著說：在最黑暗的時刻，也有些光明存在。有無數有識之士挺身而出，力挽狂瀾，以自身心血為中文續命。他們耗盡才智與家財，發明形狀各異的的中文打字機，意圖以此電擊古老文字即將衰竭的心臟。有人提出能夠容納數萬字的巨大字盤，有人做出如羅盤般旋轉的打字機，有人拆解中文為音聲筆畫再重新組裝……中文打字機如繁花綻開成萬千姿態，但懷著不同的方法與目的前進的先賢，都碰上相同的兩道高牆。

中文打字機的兩個問題：第一，數量龐大的中文字，究竟要如何被裝進一個小小的打字機裡？如果每個字都想要放進打字機裡面，那打字機會如巴別塔高聳入雲；如果刪去生僻詞彙而只選常見字，在每日誕生新詞彙的時代，遇到不能打出的字該怎麼辦？

即便有人成功解決打字機的容量問題，那他馬上會撞上第二面高牆：中文字與字間不以邏輯相連，打字人要如何從海量的文字裡挑出心中所想的一個字？其困難程度就像要在千萬人中求一人，在撒哈拉沙漠裡找一顆白糖，在蒙古大草原中尋找一根睫毛。

中文打字機的兩道問題，前者繁而後者簡，各自以不相容的矛盾扭成兩個死結。然而先賢們仍前仆後繼，耗費大量人力與物力，希望能攻克這兩道阻擋中國走入現代的牆。有人選擇攀爬城牆，有人從牆底下挖鑿隧道，有人苦苦拆卸每一塊磚頭，這些嘗試的勇氣可嘉，然而大多都迅速凋零且下場淒涼。

最後唯有林語堂，先生說，唯有他一人以優雅地姿態穿牆而出。

先生的聲音逐漸和煕：如果沒有林語堂，中文早已經死去，我們也不再是中國人了。

我不是中國人，我困惑地告訴先生。

你知道我的意思。先生含糊帶過，然後他清清他不存在的喉嚨，說：現在的你們對林語堂還知道多少呢？那時林語堂已經名滿天下，是學貫中西的大學者、大作家，因此當凡人孜孜追求技術的解方，林語堂以其才智和學識，一眼看出問題的根源在體不在用。

問題不是不夠複雜，而是不夠簡單。林語堂在他的筆記裡面寫道：中文為我民族靈魂之根本，故中文打字機之發明需先循其本，掌握中國文化之根本大道。道生一，一生二，二生三，三生萬物，如此所有問題自然迎刃而解。

我打斷先生：這裡說的所有問題，也包括了我的問題嗎？

當然。先生以溫柔語調回覆：一切問題都是文字的問題，因此只要能回到一切問題的本源，你便能抵達你所尋求的答案。

然而這樣的追尋自然並不容易，林語堂深知，這個重鑄中文靈魂的偉大工程，除卻自己沒有人能完成。為此他荒廢了日常的研究與著述，埋頭抄錄歷代不同版本的字典，考察人類已知的每個中文字，敲擊、聞嗅、舔舐，用不同的探尋潛藏於中國文字底層的法則。如此痴迷苦行十數年，林語堂對中國文字每個縫隙都了然於心，終於發現中文的一以貫之之道。

然而這艱難的成果只是第一步，林語堂知道，理論與實踐的距離同樣遙遠，不少前行者擱淺於此，如今他必須格外謹慎。為了做出真正實用的打字機，林語堂重金聘請一名義大利工程師，專門為中文打字機製作設計圖與特殊零件。這位不願具名的工程師來頭不小，他的老師正是發明出第一代分析器、現代電腦的始祖 Charles Babbage。Babbage 對未來世界的偉大想像因為超前於時代而落敗，門下弟子四散，懷抱滿腹野心無處發揮。林語堂在因緣際會下找到了其中一人，兩人一拍即合，共同投入中文打字機的偉大工程中。

到這個階段，製作打字機不僅僅只是智力的戰爭，同時也是吞吃錢財的無底洞。林語堂散盡半生累積的家財，把自己七八本暢銷書的版稅全都投入，還四處欠下龐大債務，以瘋狂的熱誠執意要完成這件不可能的創作。

林語堂說：一點痴性，人人都有，人必有痴，而後有成。

他的執念，最終具現為我們眼前的這台機器。

打字機高二十二公分、寬三十五公分、深四十五公分，大小接近一個小型保險箱，在光滑的灰色鐵皮下，機器的核心是一套重重疊疊的滾軸，上面密密麻麻地嵌滿字模。這座人類文明中最精巧的機械，就立基於這樣一個小小的字模，林語堂以二十九個字模為一面，裝入一個有著八面的小滾輪，每個滾輪共兩百三十二個字模。兩百三十二個字模組成一個小滾輪，和其他五個小滾輪一起被裝在更大的中滾輪裡面，如同衛星環繞行星運轉；六個中滾又合為一個大滾輪，如同行星環繞恆星公轉。如此，七千多個字模按照各自的軌跡運行，互不侵犯碰撞，又能交叉結合而成九萬多字，形成一生生不息、和諧完整的宇宙。

林語堂成功地將一個宇宙收攏到小小的打字機裡，然而宇宙再怎麼寬廣富饒，若不能為人所用終究毫無益處。這時林語堂潛心鑽研多年的文字法則派上用場，他統計出中文字只有三十二種可能的開始，以及二十八種可能的結尾，因此獨創「上下形檢字法」，只用六十四個按鍵就能調度整個漢字的宇宙。

完成後的打字機鍵盤橫列各種奇特筆畫，每個按鍵都對應中文字形的一角。打字人想好自己想要的字後，分別按下左上角和右下角筆畫，機器便會轉動內部輪軸，宇宙的齒輪相互咬合調動，自七千多字中選出符合條件的八個候選字，呈現在名為「魔眼」的小窗格中。打字人把自己的眼睛和「魔眼」對視，按下對應的數字鍵，心中所想的字就躍然紙上。

完全不需經過任何訓練，任何人從起心動念到寫出文字，只需要三個按鍵。

先生發出滿意的嘆息，他說：林語堂的打字機是我們時代最偉大的發明，不止是因為它造福海內外四萬萬同胞，證明中文也能被機械的口舌言述，也對數十億不諳中文的人們張開雙臂。過去中文繁複得不合時宜的字形、筆畫和讀音，如今都被濃縮為三個按鍵，每個人只要略懂中文，就能輕鬆寫出漢字。

林語堂宣布：「人人可用，不學而能」。中文即將裝上蒸汽機火車頭，迅速成為所有人都能掌握的語言，收復過去的失地，擊敗前頭的競爭者，中華文化的復興緊接其後。

我對先生的話再次感到懷疑：不就是一台打字機，有那麼誇張？

先生不耐煩地回答：後來的人經常忘記，在事情還沒發生之前一切都可能發生。實際上，當時的人對林語堂的願景深信不疑，那個由林語堂請來協助製作打字機的義大利工程師，Babbage 的弟子，看見打字機成品的能力後甚至起了貪念，宣稱自己才是中文打字機的發明人。最後還是林語堂花了好大的功夫，動用律師周旋良久才擺脫他的糾纏。人人都關注林語堂的打字機，原型成功造出後，世界上最大打字機生產商雷明頓主動接近，他們對林語堂的發明深感興趣，希望林語堂能為他們展示中文打字機的能力。

那時，所有事情都在正確的軌道上，林語堂一步一步地接近他的偉大理想。

大雨滂沱的早晨，林語堂穿上最好的西裝和白襯衫，用油布包裹打字機，帶著他的女兒到曼哈頓的雷明頓辦公室。打字機專家和公司經理正襟危坐，這一幕他們已經演練了無數遍，一陣寒暄以後，林語堂面前緩緩解開包藏中國命運的油布，在眾人的讚歎中請他的女兒前來演示。為了防止作弊，她請雷明頓的經理隨便說一個詞，然後信心滿滿地按下第一個鍵，第二個鍵。

她把眼睛湊向魔眼，卻什麼都沒看見。

打字機故障了。

林語堂搶上前去，他再試了一次，又試了一次，打字機毫無反應，魔眼裡一片空白。眾目睽睽下，林語堂滿頭大汗地拆開機器、檢查各個零件的位置、上油、校正……所有能做的事都做了，按下按鍵，打字機卻還仍靜默不語，完全不回應林語堂在心中的呼救。

對不起，林語堂向眾人這樣說，然後把打字機重新裹到布包裡，倉皇逃出辦公室。曼哈頓的天色鉛灰，有大雨落下。大雨落下，先生的聲音溼潤顫抖。

打字機為什麼會忽然壞掉？有段日子林語堂陷入陰暗的消沉裡，不停地思索是哪個環節出了問題。明明已經演練了數百次，出發前還特意逐個零件仔細檢查，到底是為什麼呢？他一度懷疑，或許是那個義大利工程師動的手腳，但又苦無證據，迷惑、悔恨與挫折啃噬他的內心。

所幸林語堂的憂鬱並未持續太久。打字機所留下的龐大債務黑洞，以及當時中國面臨的危難，都讓林語堂被迫投入新的戰場中。數年後林語堂賤賣打字機的專利，重新回到正常的生活，繼續讀書、研究、寫作。

打字機成為一場過去的夢魘，林語堂不再提起，他的家人也都避談此事。刻意遺忘的結果，那架凝聚林語堂半生財力與智力的機器，最後竟然下落不明。

林語堂的女兒後來回憶，或許是某次搬家的時候不小心丟掉了。

先生，眼前這台機器是林語堂的打字機嗎？

先生說：這是林語堂的打字機，這也不是林語堂的打字機。

我問：我不明白你的意思。如果這是林語堂的打字機，它為什麼會跨越半個地球來到馬來西亞，在我弟弟的房間裡出現？

先生回答：因為林語堂也曾下南洋。

先生說：在林語堂因打字機而深受打擊之際，新加坡南洋大學來信，邀請他出任創校校長。那時南洋大學剛剛成立，作為東南亞唯一一所華文大學，肩負著復興中華的重要使命。創校校長的任務艱鉅，一方面要能與殖民地官員溝通，另一方面還要抵抗左翼勢力對自由世界的侵害，因此遲遲未找到合適人選。

接獲消息的林語堂再度燃起久違的熱情，打字機的陰雲籠罩他的生活，下南洋去重新開始新的事業，似乎也不是壞事。南洋林語堂想起故鄉廈門，當地過番的人多，親戚裡甚至有人能以馬來土話對談，遙遠的南洋煥發著溫暖的光暈。於是在一九五四年，林語堂拋下一切，攜帶全家人下南洋，意欲再作一番大事業。

出發之前，他悄悄地將包裹著打字機的油布包也裝到行李箱裡。他想，或許在華洋夾雜的南洋，打字機會和他一樣，有再次重振旗鼓的機會。

然而南洋生活並不如他想像的順利。

林語堂一抵達港口，馬上就發現眾人對他的敵意。南洋華人早已深受敵人滲透，他們指控林語堂是美國派來的傀儡，處處都流傳不利的耳語。林語堂想要伸展拳腳，但每一個動作都被緊緊牽制，加上校舍、師資和籌募資金等各種瑣事纏身，林語堂滿腹鴻圖連開始的機會都沒有。

各方勢力的壓迫絞殺，林語堂竟然撐不過一年就黯然辭職。

南洋之行轟轟烈烈地開始又草草結束，一輩子驕傲的林語堂，短短數年間竟然接連遇上前所未見的羞辱。離開學校之前他獨自關在辦公室裡收拾家當，在角落的行李箱中，發現那台還沒有機會從油布包拿出來的打字機。

他把打字機放到桌面上，看著這台叫他傾家蕩產的機器，忍不住相信打字機帶有某種咒詛。文字是神聖的，倉頡造字時天雨粟，鬼夜哭，林語堂以區區凡人之身拆解重建數千年的古老符號，是否也在無意間觸犯了什麼不祥的意志？

他的信仰和學問，不允許他做這樣毫無理據的推論，但心裡卻惶惶不安。林語堂滿腦子被荒謬的神話充斥，甚至想要裝作一時疏忽，將打字機落在這裡，再也不帶回去了。正胡思亂想著，祕書敲門進來，面帶疑惑地說有個奇怪的客人來訪。

門外是一個蓬頭垢面的外國人，一進來就緊緊握住了林語堂的手，開口用華語說：「我對不起。」

「是你？」林語堂定睛一看，來者竟是當年幫他製造打字機的義大利工程師。

「原諒我。」工程師滿面愁容，他告訴林語堂，當年兩人不歡而散之後，他心有不甘，想要靠自己的力量發明出一台完美的打字機，以此徹底打敗林語堂。他日以繼夜地努力，直到自己和林語堂一樣傾家蕩產後才終於醒悟，沒有林語堂的協助，空有技術的工程師不可能做出更好的打字機。因此當他在報紙上看到林語堂於南洋受挫的新聞，他知道那是自己最後的機會，用僅有的積蓄買了單程船票，遠遠地追到南洋來。

他告訴林語堂：「我需要你，就像你需要我。」他幫助林語堂知道，如果兩人要重新奪回名譽和財富，他們需要互相合作，以彼此的理論和技術做出更偉大更轟動的事物，洗刷過去的恥辱的記憶。

中文打字機已經沒有意義了，他們必須做出一台完美的打字機。

聽到這裡，我問先生：完美的打字機到底是什麼？

聽到這樣的問題先生變得興奮，他說：完美的打字機必須拋棄文字，直取人類的意念。

先生的語調逐漸高亢，他說：究其根本，打字機打出文字，終究是為了以文字傳達人的意念。然而正如物理法則所揭示，每次轉換都必然經歷耗損，越是複雜的概念需要越長的文字，越長的文字又帶來越嚴重的耗損。這些穿越文字的意念因此必然殘缺疲弱，人與人之間的溝通也因此永遠不可及。

我們終於發現，打字機的技術不管再怎麼先進，它也不過是一台效率奇差的對講機。

但完美的打字機不是這樣，完美的打字機繞過文字而直取意念，如此，它脫離文字與語言的枷鎖，不再在乎什麼中日英俄法，所有的意念在這裡都平等地融為一體，再完整無損地傳達給下一個人。

我對先生說：我的疑惑終於得到解答，我眼前這台就是完美的打字機。所以明明是個中文文盲的我，卻打出了記錄我們之間對話的大段中文字。當我一碰到打字機的鍵盤，我腦海中每個思緒的聲音都開始說起中文，那個文字彷彿強硬地被設定成為我的母語，我的手指自然地在上面跳動，不斷打出我前所未見的句子，這就是林語堂所說的不學而能嗎？這難以解釋的現象，就是完美打字機的奇妙功能嗎？

先生告訴我：不不，你所經驗的不過只是雕蟲小技，它頂多只是階段性的成品，離完美的打字機仍有一段距離。

我這樣說好了，完美打字機要達成兩個目的：首先要能了解人的意念，再來則是精確地表達該意念，因此完美打字機必須了解我們意念的每個縫隙。更具體地說，要做成一台完美的打字機必然會經歷幾個階段：第一，打字人想出一個字，打字機自動接成你想要的詞。更成熟一些後，打字人打出第一個字，打字機就能夠接上你心中所想的完整句子。更進階一點，打字機人打出第一個字，打字機就完成了一整個段落，然後是一整篇文章，然後是一整本書……心有靈犀，那是完美打字機的第一階段。

這個階段的打字機已經能完整包裹人的意念，但它仍不脫文字與語言的枷鎖，意念與文字轉換間的耗損仍頑強拮抗。我們最終的目標是，打字人還沒有開始書寫，打字機已經對我們要說的話了然於心，它妥善地包起這個意念中每個情緒與感官的起伏和皺褶，接著完好地送給接收者，在對方腦海裡散開包裹，完整地消融在另一座意識之海中。

毫無摩擦力的真正完整的溝通，那才是完美打字機的使命。

我搖頭：這樣的打字機真的有可能做到嗎？

先生微笑：現在的人經常忘記，在事情還沒發生之前一切都可能發生，就像在林語堂的打字機尚未出現之前，也沒有人相信真正的中文打字機會真的存在。實際上林語堂早已揭示完美打字機的關鍵訣竅，正如發明中文打字機必須先掌握中文字之道，完美的打字機既然人類的意念為根本，就必須掌握意念的核心。

那什麼是意念的核心？我問先生。

先生沉吟良久，然後他說：此前你的所有問題我都盡所能回答，但從這裡開始我沒有十足把握。林語堂和工程師至死仍無法確切掌握意念之核心，然而我們認為，答案或許是痛苦，人的意識以痛苦為核心。

那不是指刀割火燙，裂膽剜心的肉體之痛，而是白日間灼熱的記憶，夜夜侵擾不斷的夢魘，深植於意念最深處的創傷零地點。我們相信那即是意念的胚胎，它蘊藏人一生所有的選擇與結果，預定了每個行動和言說可能的演化方向，因此就像揮之不去的詛咒，他讓我們犯下明知後悔的決定，又為了彌補錯誤而形成更大的傷害，如此交叉繁衍出萬萬種人性面貌。

如此，只要回到本源，掌握足夠的痛苦意念的典型，就像打字機以三個按鍵召喚世界，完美的打字機將能以部分達致整體，窮盡所有的意念，完成所有可能的溝通。

先生將他不存在的目光轉向我，我感受到他灼熱的欲求，他說：我知道你也深受痛苦意念的折磨，你與自己的母親和兄弟相刃相靡，永遠無法止息。但只要你將自身最為苦惱、後悔與不堪的經驗交付於我，我願意把你母親與兄弟的語言借你，教你聽懂暗藏於他們心中的意念，為你找到所有問題的出路。

先生說：你需要我，正如我需要你。

先生的話讓我驚懼，我感覺到自己的手指正在顫抖，遲遲無法按下下一個按鍵，我不知道自己是否應該相信他，最後我問：先生，你究竟是誰？你是如何知道這些故事，以及故事中不為人知的細節？

滔滔不絕的先生沉默不語。

所以現在我轉向你。

我想在你那裡，打字機或許已經演化為不一樣的樣態，然而不管是鍵盤、電腦、雪櫃甚至是一張白紙，外形並不重要，重要的是裡面的東西。

打字機裡面的先生不願意透露自己的身分與性質，因此我們無法確定他究竟是人、是鬼，或是設計精密的程式。說實話，我也不敢確定自己忽然學會書寫中文的能力，究竟是出於林語堂和義大利工程師的精妙發明，抑或是兩人懷抱凶猛執念的幽魂。

當然，或許諸多解釋中可能性最大的，是一切都出於我在譫妄中產生的幻聽和錯覺。我近日確實因為母親和弟弟的問題困擾許久，我所受的教育告訴我，長期的焦慮和憂鬱容易引發精神衰弱。或許之後我該去看醫生。

但現在我別無選擇，我需要先生借給我的語言，以及他所許諾的出路。

往後我會開始書寫自己的故事，如果在未來的你看到我的文字，如果那是清楚的中文而不是我假造的胡言亂語，你必須當我的證人。

EDEN主人像是著魔一樣，把燒紅的印記胡亂烙印在機器各處，甚至凌亂地蓋在之前的名字上，在鐵器心臟裡融成一片血肉模糊的傷疤。但那都是過去的事了，破敗的EDEN下南洋以後，新的老闆用三個名字鎮壓她的厄運：中文叫樂園地；英文叫Paradise；馬來話叫Jannah。

樂園

關於故事的開頭建國所知不多，父親失蹤之後，原來他以為自己知道的事也靜悄悄地滑流鬆動。像那些無良發展商蓋在沙質土壤上的房子，人們在裡面吃飯、做愛並且清洗廁所，多年以來的日子相安無事。某一天他們如常回家，發現房子似乎有哪裡不一樣了。他們不安地上下敲打傾聽，感應到牆壁內飽飽地裝滿尚未綻開的裂痕，但他們找不到問題的來源。夜晚他們惴惴入眠，連打小孩都不敢用力。然後等到第一道裂痕露出牆面，房子四肢癱軟，他們才發現來不及了。

多年的經驗告訴建國，要解決問題必須要從頭開始。而且要快，不然就來不及了。

第一件可以確定的事：建國從小就沒有母親。一個母親的消失可以有很多原因與方法。譬如說癌症，或是車禍這類帶有肥皂劇感的消失方式；又或者說另一種更戲劇化一點的，母親跟別的男人跑了。再不然也有可能是生下建國的時候難產死的？童年坐在空蕩蕩的房裡，時間很長，建國無數次模擬這些母親消失的情境。在這無數的可能性裡，究竟哪一種才更貼近真實？每次問起，建國父親臉色鐵青，抿著薄薄的雙唇不說話。

建國的父親沉默寡言，尤其不喜歡提起過去的生活。不過建國知道這是情有可原的，畢竟他帶著小孩四處漂流，當了一輩子鰥夫，換作是建國也會對世界感到疲憊。

是因為這樣才失蹤的嗎？

父親的家鄉在哪裡？從這裡開始問題的答案已經充滿變數，根基搖搖欲墜，建國只能盡量猜出一個大致的答案。印度人薩拉華迪教會他從口音辨識來歷的方法，他仔細回想父親的口音，推測家族的祖輩應來自馬來半島的北部，然而建國最初記憶的城鎮卻處於馬來半島的最南端。建國想像父親如何拖著孱弱的身體和年幼的小孩，四處遊走打零工，這樣磕磕絆絆地一路往南遷徙。

父親身上沒有幾個錢，幼年的建國因此經常感到空空的饑餓，以及維持至今的淺眠習慣。不管當天工地裡的工作多累，夜晚只要有一點動靜他就會被驚醒。他凝神傾聽老鼠跑過屋頂的腳步聲，在暗中睜大眼睛，以為自己會看到年輕的父親的臉，父親叫幼年的他起床，他們所有的東西都已經裝在行李箱裡了。

頻繁的搬家，從一個城鎮到一個城鎮，謹慎地避開所有大城市。建國推測搬家的原因是繳不出房租，兩父子拖欠數月後，漏夜從房裡逃走。但有幾次搬家前建國聽見父親和房東壓抑的爭吵：「不要連累你們……」他們用低沉的聲音快速地說話，那些難明的語句在空蕩的房裡擴散，建國將耳朵貼在門板上努力想要聽懂，最終卻仍徒勞無功。

一路向著南方遷徙，有時甚至幾天就會換一個地方，簡直像在逃難一樣。現在才意識到，或許真是在逃難。

然而建國從未因此怪罪父親。因為如果沒有經歷如此頻繁的搬遷，建國永遠不會遇見遊樂園，為此建國一生敬畏命數的冥契。那天晚上建國獨自在房裡幻想母親化身木蘭離家，房東焦急地趕來，問幼年的建國爸爸在不在家。父親不在，房東又站在門外抽菸，堅持要等父親回來。傍晚父親回來以後，建國聽見在門外爭論了幾句，然後他們又再次拖著行李箱走在大街上。

幼年的建國看著路上來往的人，他問父親：「我們要去哪裡？」父親沒有說話，他們站在陌生的小鎮街道上躊躇不前。太陽剛下山，暗夜聚攏建國來不及熟悉的小鎮街道，他抬頭看著天邊最後一道火紅的雲，試圖判斷現在的時間。

這件事帶有一絲神蹟的味道，最後一抹豔紅從西邊消失以後，建國看見天生異象，有巨大的光柱從遠處穿透夜空。光柱徐徐滑動，在濃密的雲層裡畫出白灼的痕跡。

幼年的建國指著那道光，他問父親：「那是什麼？」

父親臉上有異樣的神采，他久久地凝視遠方的光，然後拉著行李箱和建國，緩緩地走向光源。

他們隨著光走出城鎮，吃力地在雜草蔓生的小路上行走，郊外街燈稀少，光的質地變得更加堅實且清澈。現在他們大概可以判斷光柱的來源，那是鎮外的一塊荒地，荒地上空如今泛著陣陣光暈。當他們慢慢走向光柱的所在，身旁的人也越來越多，人群像暴雨後夜晚的大水蟻群，著迷地向著房子內的燈火振翅聚集，他們騎著腳踏車、機車或走路，以不同的速度趨向光柱的核心，漸漸開始聽見悶悶的音樂聲響，然後聲音越來越大，聲音與心臟的節奏共振，牽動著心跳的節奏。

快到了，快到了，建國小小的心臟用力地搏動，他聽見扛行李的父親氣喘吁吁，父親手掌微微發顫。快到了，父親說，快到了。

一個轉角之後，他們被荒地上的龐大景象淹沒。

在荒地的中間憑空生出一座遊樂園。整整三層樓高的摩天輪簡陋地掛著十二個鐵籠，綁在上面的一串串小燈泡賣力發光，每次閃爍就變一次顏色，機芯旋動，大小部件一起嘎嘎作響，但那些可怕的聲音輕易被旁邊的旋轉木馬音樂所淹沒，七八隻裝飾華麗的木馬、駱駝和老虎牽引目光，牠們隨著音樂節奏上下晃動，繞行圓柱飛奔，圓柱上畫著幾個只用葉子遮住下面和乳頭的白人，但那些理應香豔的畫作已經油漆斑駁，眼力再好的人也只能看見下面紅鐵色的基底，園裡的事物似乎都布滿鐵鏽，遊戲攤的小鋼圈，扔出去以後手掌殘留著淡淡的腥味，鋼圈撞擊玻璃瓶口時會發出清爽的聲線，爆米花攤的焦糖沸騰的爆裂聲，甜膩的香氣，廣播台前放了半人高的爆米花袋子，一個印度婦人抓了一大把爆米花，用六七種語言和方言送出電子音樂和走失小孩的名字。

這樣一個破爛地方，竟然可以裝下那麼多濃縮的歡樂，建國即使在最瘋狂的夢裡也無法想像。光線和空氣中隆隆震動的音樂互相摩擦，建國頭昏目眩，他貼近父親的手臂，感覺到上面的汗毛根根豎起。

遊樂園的門口有售票亭。父親走了過去，他跟著人群排隊，一點一點地靠近入口。小建國雙腿因為走了太久而發抖，他知道父親窮，但忍不住偷偷地希望他能從某個口袋的夾縫裡，摸出幾個剛好夠買門票的散錢。只要能進去看一次，他向著初識的幽冥之神祈願，只要能摸一摸那些色彩斑斕的太空船，他願意這輩子都睡在荒地上。

終於輪到父親時，建國抬頭仰望，看見父親難得地堆起笑臉，早生的皺紋從臉的四處裂開，父親問售票員：「你們還要請人嗎？」

售票員打量父親一眼，然後轉身大喊老闆。

那時候共產黨早早已被趕入深林，經濟起飛，人人急著想要花掉手上的鈔票，巡迴遊樂園因此開始在半島流行起來。巡迴樂園是會遷徙變化的生物，那些煥發著豔麗之光的大怒神、旋轉木馬、海盜船和賓果攤，全都可以拆卸折疊成一塊塊巨大的零件和生鏽鐵架，裝進四五輛貨櫃車裡載走。貨櫃車隊在半島上徘徊游牧，尋找下一個可以停留的市鎮，然後他們清出一塊空地，再次把貨櫃裡的東西一一倒出。摩天輪架起後緩緩轉動、聚光燈揮舞，熟悉的荒原裡忽然升起一座樂園，像夢境般魅惑整個市鎮的大人和小孩。

遊樂園生意正需要大量的人力，但願意應徵的人很少。工錢低還是其次，光是要跟著樂園這樣常年到處亂跑就不是每個人都願意幹的。不過這對建國父親而言當然不是問題，他在貨櫃車改成的辦公間裡跟老闆聊了一陣子，兩人一拍即合，當天就在樂園裡面住了下來。那天幼年的建國在樂園關閉以後，跟著老員工巡視他巨大的新家，壓抑著快要爆炸的心跳向諸神還願。當時他當然不知道會這樣一直待到老去，看著遊樂園從大熱到漸漸死亡，以及父親的消失。

不過這是後來的事了。

（在父親遺下的物品裡翻出一份油印的小書，封面用紅字題著字跡模糊的《論持久○》，內頁墨跡斑斑，封底潦草地寫滿筆記，建國不確定那是不是父親的筆跡。）

不過那是後來的事了，這時候父親才剛剛進入遊樂園。

父親在遊樂園裡的工作名義上是司機，不過因為人手不足，忙起來也要做售票員、遊戲攤攤主或是到鬼屋裡面扮鬼。可是心水清澈的老闆留意到父親對遊樂園的機械很感興趣，遇到技工來保養機器，向來孤僻的父親竟然會主動跟人家攀談，這邊問問那邊摸摸的。後來園裡的機器有什麼小故障，老闆就叫建國的父親去試試看，沒想到每次都能順利解決。甚至連技工都沒辦法處理的報廢機器，父親還能自己研讀破舊的英文說明書，精準地找到毛病所在。

老闆知道撿到寶了，從此以後把園裡所有維修保養的工作都交給父親去做，連維修費都省了下來。樂園老闆的年紀其實也和建國的父親差不多，家裡因為做樹膠生意賺了大錢，所以年紀輕輕就被送到英國去留學。酒後心情好，他把建國抱在膝蓋上，把大片的蝦餅送到他嘴裡，說自己年輕時候的風流韻事。說他在英國怎麼樣跟著一班馬來貴族到處鬼混，踢足球、玩女人、賭橋牌，一直到家裡氣得斷了金援，被學校退學才捨得回來。

回到馬來亞以後正苦惱被父親管得死死的，沒想到剛好趕上巡迴樂園的熱潮，老闆趁機藉口要自己創業，砸下重金從英國運回來一批二手遊樂設施，從此在馬來半島四處逍遙快活。

「所以說，」臉色紅潤的老闆拍了拍小建國的背：「不去上學也沒關係的，阿國認我做乾爺，以後跟著乾爺找吃就好了，讀什麼書？你老爸讀那麼高也沒用是不是？」老闆大笑的時候肚皮震動，建國咀嚼著嘴裡的蝦餅，偷看旁邊父親的神色。父親滿臉驚慌，拿起啤酒罐搶著向老闆敬酒。

那些遠道而來的笨重器物顯然已經有了年紀，因此父親的工作相當繁重，幾乎一整天都埋首在機械裡頭。鏽跡像壁癌般爬滿器械外露的表面，需要不斷上油補漆，把音響聲量開得最大，才能勉強掩蓋機器運轉時年老力衰的呻吟。建國跟著父親幫頭幫尾，看見剝落的漆皮露出三四種截然不同的顏色，像地質斷層一樣指向它們的前身，拆開外殼，鐵器的內臟裡烙印著各樣看不懂的文字及號碼：Wonderland，Happiness，Fairytale……那是樂園歷任主人的印記，耗盡各種描述歡樂的字眼為自己的樂園命名，然後破產變賣，下一任主人又絞盡腦汁地召喚出更強大的名字，以求覆蓋它們原來的厄運。

在眾多的符咒之中出現最頻繁的字眼是EDEN，帶著蔓藤花式的字樣在每一件器物上都找得到，建國猜想這是樂園下南洋之前最後一個名字。EDEN主人像是著魔一樣，把燒紅的印記胡亂烙印在機器各處，甚至凌亂地蓋在之前的名字上，在鐵器心臟裡融成一片血肉模糊的傷疤。但那都是過去的事了，破敗的EDEN下南洋以後，新的老闆用三個名字鎮壓她的厄運：中文叫樂園地，英文叫叫Paradise，馬來話叫Jannah。

白天以生鏽鐵器拼裝而成的廢墟，到夜晚就一洗頹像。他們抽打灌滿柴油的發電機，催逼它發出低沉竭力的悶吼，把燈泡和聚光燈開到幾近燒熔的極限，喇叭聲量嘶啞破裂。然後時間開始了，樂園的零件齒輪吃力地轉動，召喚往日巨大的絢麗幻境。那是巡迴遊樂園的黃金年代，只要一開場就有源源不絕的客人，管你是馬來人華人還是白人，只要付錢就可以進入這個濃縮的歡樂之中。

在競爭激烈的行業裡，鬼屋是這座樂園最大的賣點。那是樂園地裡最新的設施，裡面只有一個EDEN烙印工整地按壓在馬達內殼上，EDEN主人花費了極大的心力將它打造成一個依照《聖經》改編的真實寓言。那裡面沒有什麼亂七八糟的殭屍吊死鬼還木乃伊的，鬼屋的入口是一片黑暗渾沌，客人腳步畏縮地不敢前進，然後有聲音說「要有光」，忽然就燈光刺眼，眾人意識到自己身處於莽林之中，樹後面有個沒穿衣服的金絲貓在餵男人吃蘋果。

有輕浮的年輕人大聲開黃腔，人們笑鬧著，互相推擠著往前走。走了一小段，隊伍後頭忽然跑出幾個全身塗成紅色的壯漢，那幾個人頭上戴著牛角，對著眾人哇哇亂叫，大家笑著叫著往前跑，卻發現自己陷入鏡子的迷宮裡。燈光忽地變暗，喇叭發出雷聲隆隆，電光閃爍，那些紅色的魔影在四處蠢動，膽小的小孩尖叫哭泣，他們想要往前卻不斷被自己的倒影撞上，有人跌坐在地，大人推擠著彼此大罵「不要推！不要推！」

好不容易走出迷宮，又踏進一片滿是紅光的小房間，強烈的紅漂去了所有人身上的顏色，暗影重重，人們被後面的追兵逼得走投無路，唯一可以前進的方向是一道獨木橋，橋下是紅色的鮮血湖泊。有聲音說：「這是我的血……」

每個走出鬼屋的人都心有餘悸，他們恍惚看見外頭歡樂的景象，產生已經死過一次的錯覺。回家以後他們連續幾個晚上在睡夢中驚醒，躺在沒有燈光的床上，頓覺世界飄渺遠去，為此生的罪孽感到焦慮，又為活在真實的世界感到慶幸。

那是 EDEN 主人最後的設計。

當然，這樣的故事不可能在馬來西亞上演。老闆為了避免馬來人搞搞震，勢必要對鬼屋進行一番改造。然而鬼屋的構造相互牽引，要做任何細小的改動都牽連甚廣，在苦無對策的時候，父親提出了扭轉樂園未來的計畫。

父親的改造計畫說來十分簡單，鬼屋原來的機械和道具全部原封不動，只將聲效和對白重新配置一遍。新對白裡附上三種語言翻譯，把故事變成了可蘭經版的創世紀：Eden 變 Jannah、Satan 改成 Iblis，在 Adam 的名字前加個 nabi……鬼屋搖身一變，成為穆斯林的天路歷程。改造完成以後，樂園地的鬼屋成為全國第一個清真鬼屋，在馬來人地區裡極為轟動。老闆調動過往人脈，包場請來某州蘇丹和王子，帶一大群侍衛來免費體驗，那次由老闆親自下場扮油鬼仔，落力的演出嚇得王子一群人走出鬼屋後立即跪地祈禱叩拜，等在外面的記者咔嚓咔嚓地拍照，隔天馬上登上全國報紙的地方版。

自此之後鬼屋每晚都大排長龍，不只是馬來人，華人和印度人也都蜂擁而至，建國父親調整了不同的劇本，讓每個進去鬼屋的人都聽見自己熟悉的噩夢，一起被嚇得屁滾尿流地跑出鬼屋。小小一個鬼屋成功融合了馬來西亞的各大種族，電視和報紙派人來採訪了幾次，老闆賺足了面子和鈔票，過年的時候特意包了一個大紅包給建國。

作為樂園裡唯一的小孩，建國當時備受眾人寵愛，雖然因為居無定所而沒辦法上學，可是幼年的建國以清澈的眼睛和觸感，吸食樂園裡的一切事物。他跟著父親學會維修器械，從不同的人身上學會各樣語言，在繁複的賭博遊戲裡學會運算機率，並且在漫長的旅行中習得面對牆壁獨自幻想的技藝。最親密的老師是印度人薩拉華迪，薩拉華迪的舌頭靈敏，能用十二種方言在樂園裡廣播，用七八個角色為鬼屋的人物配音，每一種都惟妙惟肖。小時候他們玩這樣的遊戲：一個爸爸是潮州人，媽媽是客家人，小時候被廣東人奶奶照顧的小孩，他怎麼說「我大便後屁股沒有洗乾淨」？

幼年的建國將樂園視為自己的領土，在其中自由地飛行穿梭，如同野人般鑽研在其中生活的各樣技藝。年紀漸長，他意識到對於別人而言百變的幻境，其實有著千篇一律的本質，後來他可以在十米外精準地射中獎品娃娃的左眼，倒立著丟鋼圈也能套住正中央的玻璃瓶，一眼就算出木瓜種籽的正確數量，一甩釣竿撈起五隻塑料鴨子。

建國對於平地的生活逐漸感到不耐煩，於是他開始攀爬一切看得到的東西。先是碰碰車的頂棚，然後是旋轉木馬的柱子，最後是摩天輪。摩天輪不停地轉，建國必須比圓弧的轉速更快才能停在頂端，像在森林裡長大的男人一樣，建國肌肉結實動作靈敏，揮動著雙臂在鐵籠間跳躍，他聽見血液沸騰時在耳邊啪啪作響，雙臂青筋畢露賁張突起，表演的時候眾人看得如痴如醉，喝采聲不斷。

然而父親卻越發沉默了。

父親從未再娶，樂園環遊了馬來半島無數遍，他卻幾乎沒有踏出過樂園的大門。晚上樂園營業，父親像幽靈一樣在樂園的暗影中遊蕩，躲在歡笑的眾人背後巡視機械。白天大家還在睡覺，他卻早早起來拿著工具箱四處敲敲打打，惹得所有人都抱怨連連。父親每日眉頭深鎖地工作，不菸不酒，身體上看不見半點慾望的痕跡，建國不知道他是否清楚同事們對他的不滿，抑或根本也不在乎。父親活得像是在苦行，唯一能引起他生命熱誠的事物只有那些冰冷的器械。

建國跟著父親在園裡走動，觀察他的工作和在房間裡留下的圖稿。父親從來不把報廢的部件丟掉，因為壞掉的器材和零件不可能再從歐洲運來，他把那些龐大的零件拆解，全部躲藏在鬼屋看不見的角落裡。一有器材發生故障，他就回到鬼屋裡翻找那些鐵塊的廢墟，重新拆解焊接，以器官移植的方式延續那些樂園的壽命。

即使是門外漢也能看出父親對於機械的驚人天賦，建國親眼看著他把幾個廢棄的器材拼接起來，做出園裡從未見過的小玩具。白天沒有人的時候，建國窩在鬼屋的角落，摸著那些行走的機器雙腿、沒有頭的士兵、槍枝造型的打火機，意識到樂園已經慢慢繁殖出自己的後代。

在樂園的時間漸長，建國看見它一次次地擴展、旋轉、生殖，似乎慢慢能感覺到樂園的生命。有生命，當然也有死亡。樂園地裡沒有死過人，不過當他單臂懸掛在摩天輪上接受眾人喝采時，他隱約意識到那些歡呼聲裡掩藏著幽微的期待，期待摩天輪的骨架崩塌，期待他掉下來，頭部撞擊黃泥地，粗壯的四肢以奇異的方式扭折。

就像他們坐上雲霄飛車，身體隨著毀滅的速度上升下旋，驚呼歡笑著貼近死亡的面容，卻每次都能全身而退。期待死亡而不真的死亡，那是撐起樂園巨大快樂的腎上腺素，在樂園裡死亡是令人安慰的幻覺。建國深信樂園永遠不會死亡，當英國運來的零件逐漸耗損敗壞，建國和父親用當地的材料重新建築新的器械，只要這樣不斷地重新組合，他們就有了無限多的可能性、無限多的樂園。建國深深著迷於樂園的輪迴，從來不會對此感到厭倦，他原來以為自己會像父親一樣，這輩子都不會離開樂園。

然後時間好像忽然被耗盡了。

九〇年代以後，大型的主題樂園開始在馬來西亞落腳壯大，巡迴遊樂園的簡陋設備不再能夠吸引人進來，人們需要更強烈的刺激，更低廉的門票，然後是無可避免的悲劇：樂園真的把人弄死了。陸續傳來的新聞讓人們開始質疑，那裡面真的有工程師嗎？

生意一天不如一天，鬼屋連假日的夜晚都空蕩蕩的沒有半個客人，在裡面扮鬼的建國經常不小心等得睡著，夢見許多紛雜的事。

白天裡輾轉反側，久久無法入眠。

那時候老闆年紀也大了，逐漸受不了日夜顛倒的生活。他在巡迴的途中遇到讓他安頓的女人，生了兒子以後繼承家族財產，對樂園的生意更是意興闌珊。有天他召集所剩無幾的員工，說：「散了吧。」矗立的樂園忽然變成了一塊巨大的廢墟。

建國當時已經快四十歲了，身邊沒有多少積蓄，對外面的世界一無所知。他看著老父，希望他能跟老闆求情幾句，但老父依舊沉默不語，像現在發生的一切和他沒有關係一樣。

建國知道自己是時候離開了。

老闆感念舊情，說樂園的器材反正也無從脫手，就讓遊樂園停在家族的空地上，依舊讓老父生活在裡面。四十歲的建國原來是想離開樂園去找工作，但他空有一身無用的技能，沒有半張證照自然是進不了合法的主題樂園。他想起那些歡呼聲，想要去街頭賣藝，結果剛開始爬上吉隆坡塔就被警察抓回去，反倒罰了幾千塊。最後只好回去找老闆，叫幾句乾爺，在老闆介紹下到工地去從頭做起。

所幸那幾年炒房的熱潮開始，全國上下都有新建案工地，建國價格便宜，有一身用不完的力氣，還會焊接、水泥、木工，一個人頂得上十個孟加拉外勞。重點是警察來了也不用跑，大受承包工頭的喜愛。再過幾年後，中國人買下了首都，帶著一行李一行李的現金，像買雜貨一樣掃下大片房產。需要更多空蕩蕩的房子，建商瘋狂地啟動發展計畫，房子像玩具一樣迅速地在平地上冒起。

建國再次環繞著馬來半島四處奔波，從一個鄉鎮到一個鄉鎮，從一座城市到一座城市，他把樹大片砍倒並剷平山坡，在荒地中樹立鐵架和鋼骨。或是遇到前任建商跑路後爛尾的建案，他把那些已經接近完成的房子重新推倒成廢墟，在廢墟中再次興建大樓。每天都有做不完的工作，連女人都沒時間想，四處建設祖國，他有時覺得自己從沒有離開過這樣的生活。

環遊半島多次後，建國有次因為工作而回到了熟悉的小鎮，忽然記起這是樂園最後矗立的地方。建國想起了老父，細算之下，發現已經有幾年完全沒有聽見他的消息，他隱隱感到不安，有天黃昏抽了個空檔，開車回到樂園最後停留的荒地。

車子穿越野草蔓生的郊野，黃昏的日頭把一切都燃起火紅的色澤。他循著少有人走的小徑，朝著印象中樂園最後的所在前進。車子在小徑吃力地前進，一個轉角以後，他忽然在林中看見一片空曠的平地。

樂園偌大的摩天輪、海盜船、木馬、宇宙飛船、遊戲攤、鐵欄全部都消失了，空地上只剩下一個聳立的鬼屋。建國馬上留意到那個熟悉的鬼屋明顯比原來大上了好幾倍，像是將樂園吞吃了一樣，在原來光滑的外壁上層層疊疊地長出新的隔間和枝節，屋頂挑起四五層樓高，上面一扇窗戶也沒有，黑黝黝地在荒地中投下龐大的陰影。

「阿爸！」建國下車大聲呼喊，得不到半點回應。

他推開鬼屋的門，「阿爸？」建國的聲音空蕩蕩地迴響。找不到亮光，鬼屋裡面一片漆黑，建國摸黑向前走了一段路，手指摸到了粗糙的木板和滑膩的觸感，他覺得不對勁，正想要折返的時候，整個地板忽然開始大大地震動。

灰塵四處揚起，建國聽見整棟鬼屋像是活過來一樣發出嘎嘎的巨響。幾盞低瓦數的燈在頭上亮開，建國發現自己身處於一片莽林之中，四周都是長滿蕨類的暗淡的樹幹。「阿爸？」建國大喊，他撫摸著粗糙的樹幹紋路想要弄清楚現在的狀況，然後屋頂上滴下了一滴水，接著又一滴，兩滴，屋裡忽然下起了熱帶暴雨。

建國腦子裡一片混亂，他渾身溼透，驚慌地想要沿著來路逃離這座叢林，卻發現自己找不到回去的路，不管怎麼繞都走不出去。

「阿爸！」他在雨中大喊。

有閃電劃過天際，他聽見四周有槍聲響起，他本能地抱頭趴倒在地，在槍林彈雨間隱約聽見有人的聲音，是一群男人的聲音，他們似乎在爭論，罵客家髒話，「走狗！」有人用廣東話罵了一句，他覺得自己似乎聽見了父親的聲音，但他已經不記得那聲音是不是父親的。

「阿爸？」他想要喊出聲，一句話卡在喉嚨裡出不來。

槍聲更激烈了，有人快速地在講英文，有東西在他附近爆炸，震耳欲聾，他掙扎著要起來，卻被強烈地熱浪擊倒在地板上。大風吹過樹林，他聽見風中有女人的哭聲，在抽泣間喃喃地說著什麼，他想要聽清楚她說的話，但那聲音像是來自很遠的地方，在雨中帶著沙沙的雜音，像是無線電一樣劈啪地跳著。聲音一遍一遍地傳來，建國努力拼湊出碎片般的語句：「永別了……同志……永別……親人……」

然後他聽見了自己的名字：「永別了……建國」。

一片黑暗中建國睜大眼睛躺在水窪裡，終於想起自己是個孤兒。

「你們都在騙我。」我在洞裡的阿媽這樣對我說。

我不斷向前走，大雨暴打在床墊的塑料套上，發出噼啪噼啪的撕裂般的聲響。那些分歧的小路混亂我的方向感，我用床墊遮住手機打開導航，然而巷子貼得太緊，導航四處飄蕩，算不清我目前所在的位置。

洞裡的阿媽

在我七歲的時候我阿爸帶我到後院，他拉開洋灰地上的鐵板，指著糞坑對我說：「在我七歲的時候我阿爸帶我到後院，拉開黑泥地上的木板，指著糞坑對我說：『如果馬來人打過來了，你就從這裡跳下去，躲起來。』」

我俯身下看，黑暗幽深的洞裡看不見底部，陣陣臭氣襲人。

馬來人終究沒有打到我們鎮上，所以我阿爸沒有跳下去過。連我阿爸都沒有跳下去過，我當然也沒有跳下去過。

我們家族裡第一個跳下去洞裡的人，是我阿媽。

那幾年鬧得很凶，三天一小吵，五天一大架。打起來我會跑到街上，吵起來我多半躲在房裡，這都是好辦的。比較麻煩的情況是，他們在我房間裡吵，這樣我就不知道該去哪裡了。

阿媽跳下去那天就是這樣的比較特殊的狀況，阿爸阿媽站在我房裡，他們耗盡他們頭髮已經開始稀疏的頭裡所想到的詞彙叫對方去死。我原來想要跑出去，不過生字作業明天就要交，再不寫就來不及了，所以我坐在我的書桌前，專注精神，一字一字地寫。

我阿爸阿媽書讀得少，肚子裡罵人的詞彙不多，加上那陣子吵得頻繁，他們僅知的詛咒也都磨軟磨鈍了，沒幾下就吵得索然無味。在兩人口啞啞相對無語，我心想總算可以清淨的時候，我嗚咽著休息的阿媽看見埋頭寫字的我，靈光洞照她因長年吃藥而混沌的大腦。

我要帶著你的兒子一起死，我阿媽說，讓你們姓王的絕子絕孫。

新的咒詛來得突然暴烈，我阿爸錯愕地站在門檻上，張開嘴巴想回應什麼，卻一時說不出話來。我本來不喜歡去管他們大人的事，可是因為事情牽扯到我身上，當阿爸說不出什麼的時候我想我應該說點什麼，於是我停下筆抬起頭，我對阿媽說，我不想死，要死你們自己去死。

聽完，我阿爸像是得到救援一樣鬆了口氣。「聽到沒有，連兒子都比你聰明。」他這樣說著，然後快步走出房間門，然後走出家門。

「你們姓王的都一個樣。」我阿媽哭著說。

阿爸不在的那個下午，阿媽說，我死給你們看。

阿媽回到房裡換了過年的紅衣裙，在衣櫃前的全身鏡前扭了幾下腰肢，憐惜地看著自己的身段。然後阿媽一面哭一面化妝，甚至還在身上噴了香水。她先是珍惜地噴了兩次，然後大概是想到死了也是沒用上，阿媽又往腋下用力地多噴了幾下。房間裡飽飽的裝滿了刺鼻的香精味，有種準備去喝喜酒的喜慶氛圍。

妝扮完畢，阿媽走到後院，費盡力氣地想要拉起洋灰地上的鐵板。但是鐵板太重，阿媽一個人拉不起來。她不放棄地拉著鐵板，阿媽滿臉通紅，發出尖銳的叫聲。

阿媽的叫聲在午後空蕩蕩的柏油大街上迴響。

鄰居都不在，或是沒有人敢出來，那個下午只有我看著阿媽和鐵板搏鬥，不知道該不該過去幫忙。沒有人出來幫忙，阿媽只好坐在地板上，用她全身的重量去拉，阿媽赤腳煞住粗礪的洋灰地，她扭動著屁股往後挪。我看見阿媽把好好的新衣服都拉皺了弄髒了，心裡覺得可惜。我不知道阿媽為什麼要選擇那麼困難的死法，也不明白阿媽為何要多此一舉地換衣服噴香水。當時我最大的憂慮是，阿媽不知道還要弄多久，這樣我功課會不會來不及寫？

幸虧鐵板終究還是拉開了一道足以讓人穿過的縫隙。

阿媽氣喘吁吁，阿媽脖子上冒現一條條蚯蚓般勃動的紅筋。阿媽吃力地把屁股挪到坑邊，把雙腿垂下坑裡。糞坑裡面的沼氣上湧，我和阿媽都聞到了全家族排泄物發酵後的強烈氣息。阿媽回頭看著我，神情似乎有些遲疑。

那瞬間我才忽然意識到阿媽是真的要死，而死了就是再也不回來的意思。於是我哭了，我上前去拉著阿媽說不要，阿媽不要死。

我的話滑出舌頭後舔過阿媽的臉，我看見阿媽的猶豫一點一點被舔乾淨，底下的面容再度燃起紅色的熱情。「不要阻著我」，阿媽又開始哭喊起來，她掙扎著，我幼年的手指在絲滑的紅綢衣上拉出層層皺褶。「我死給你們看」，阿媽發出她這生所能想像的最淒厲的哭聲。

接著她屁股一用力，咻的就下去了。

阿媽下去的時候在洞內發出清亮悠遠的回音，在午後空蕩蕩的柏油大街上迴響。

阿媽，阿媽。我什麼都抓不住，我哭喊著趴到糞坑旁邊。洞底下傳來阿媽的哭聲，聲音越來越薄弱，最後剩下微微的抽泣。

不要死阿媽，阿媽不要死，我啜泣著說。

陽光斜斜刺進坑裡，我眼睛慢慢適應了底下的黑暗，我看見洞底的阿媽正在抬頭看我。

糞坑裡的水只到膝蓋。

阿媽是跌坐下去的，新衣服裡外都是大便，剛整理好的頭髮也溼溼漉漉地塌在頭皮上，有糯爛的糞泥夾纏在髮絲間。阿媽扶著坑壁想要爬上來，但四壁都是滑溜溜的大便，光是站穩就不容易了，她腳滑了四下以後就沒膽子再動一下。

阿媽將四肢以詭異的姿勢撐開如紅黑色的蜘蛛，在洞裡動彈不得。

「你們都在騙我。」我在洞裡的阿媽這樣對我說。

我家之所以需要糞坑，是因為環境局管線沒有經過我們家裡，家裡的馬桶沖下去的屎尿囤積在糞坑裡流不出去。等到糞坑滿了，馬桶裡的水就沖不下去了，需要阿爸爬到糞坑裡把糞水舀出來。後來家裡買了抽水馬桶，沖水量變大，阿爸沒多久就要下去挖一次。他嫌麻煩，把馬桶的拉桿剪斷，禁止全家用抽水馬桶沖水。

「用水勺拿水桶的水沖就好了，環保。」我阿爸說。

有時阿爸懶惰，很久很久都沒有下去，於是死寂的汙水冒出濃稠泡沫，澤氣從鐵板的縫隙中悄悄地爬出來，院子裡有食物消化後的腐氣。阿媽嫌臭，叫我叫阿爸下去糞坑裡清一清。阿爸不耐煩地下去了，上來以後他說：「等你長大就輪到你了。」

自從阿媽跳下洞裡後，再也沒有吵著要自殺了。

第一次擁有自己的抽水馬桶，是在大學來到台北以後的事。學校抽不到宿舍，我在離學校有一段路的老舊公寓租房間。公寓雖然舊，但我租的是剛翻新建好的頂樓加蓋，一層公寓畸零地分成五間套房，每間都是奇怪的格局。我分到的房間長成只有四坪的ㄇ形，光是廁所就占了兩坪，行李箱搬來後就連站的位子都不夠。房東沒有附家具，只有上一個房客留下的三夾板書桌，還有一個布衣櫥。因為沒有什麼閒錢，我床架都沒買，只鋪一個睡覺用的床墊。

此刻三件家具和一個馬桶完全都屬於我，我為此感到心滿意足。我廁所裡面有乾淨明亮的白瓷磚牆壁，和一個真正的，可以沖水的馬桶。不是那種老式的，用大水硬生生把大便沖下的那種，我的馬桶是會先把水抽走，再灌入乾淨新水的馬桶，馬桶把穢物沖完後半點痕跡也不會留下，馬桶水裡沒有任何漂浮的殘渣毫末，明亮清澈。

唯一的麻煩的是，台灣管線太小，馬桶動不動就阻塞。

房東太太經常找我麻煩，說同學你再把食物用進馬桶我就不幫你用了。我說不是我啊，可能是隔壁房間每天打炮的情侶，他們一整天忙著用床板撞我的牆壁而不出門吃飯，餓了他們叫外送，吃不完懶惰丟到樓下就把廚餘倒進馬桶，然後廚餘從他們的馬桶管線倒流過來我這裡堵住的啊。

房東太太一臉狐疑地盯著我雪白的馬桶，馬桶水上有糜爛的肉末晃蕩，違章建築的管線雜亂，所以她自己也說不準是不是這樣，所以她最後也就算了。

房東太太弓腰走出房門，有時我會有點心軟，因為馬桶堵塞或許有一小部分是我的錯，因為我每天都把廚餘倒進馬桶裡。這也不能怪我，因為雖然租約上說好不能開伙，可是房租就把打工的錢耗掉大半，台北的伙食太貴，我不自己煮飯的話搞不好連學費都交不出來。小套房沒有廚房，通風又差，我在房間的任何角落煮個泡麵也讓整層樓的住戶都聞到。

有一次，我在床上對這個問題進行思索，想了半天，想起廁所裡的抽風機。原理也是差不多的嘛，廁所抽風機既然可以抽風，那一定也可以抽油煙。我上網買了電磁爐，賣家還附贈一口鍋子。做菜的時候我把爐子對準抽風機下面，看著油煙旋轉向上，慢慢停聚在廁所的天花板下，再一點一點被吸走。

解決油煙後，下一個是廚餘的問題。因為房間太小沒地方倒廚餘，大塊的我混在垃圾袋裡丟掉，剩下的湯湯水水殘餘爛渣就倒進馬桶裡。為了避免馬桶堵塞，我很小心地分次倒進去，然後沖水，看著那些油膩的殘液轉成漩渦。然後「咻」，銷聲匿跡。

每天都會洗一次廁所，刷得馬桶永遠乾淨得發亮。

這樣一來伙食費就能省下不少錢。我在樓下菜市場買半顆高麗菜和番茄，切一盤肉片加一包素麵，一頓飯不用一百塊就夠吃飽。生日那天我走到對面超市去，買盤一百多塊的牛排自己煎。牛肉貼上熱鍋時油脂滋滋地沸騰，肥膩的油煙來不及被抽走，它們從廁所塑料門的縫隙間互相推擠著流出來，慢慢灌滿房間，鑽進床包和枕頭裡，床墊上幾天都是牛排香。

我在廁所裡蹲著把菜做好，然後甩甩麻痺的腿，坐在床上看 Youtube。有時我吃著自己在廁所裡煮出來的羅宋湯和牛排，心裡會顫顫地感動欲泣。我告訴自己，我終於遠遠的離開了糞坑。

自己開伙的話，我通常到樓下的菜市場買菜。說是菜市場，其實不過是一條狹長的巷子，蜿蜒地延伸數百公尺，兩邊的店鋪拉出低低的棚架來搭成一道拱廊。水果、青菜、牛肉、豬肉、雞肉、女人內衣褲、中國來的穴道按摩器、山東家鄉味包子、睜眼袁大頭和老洋酒。那家市場什麼都賣，很受附近老人歡迎。市場裡白天人潮洶湧，尖峰時刻我和那些異地的眾人以緩慢地速度蠕動前行。停下把買好的菜裝在塑料袋裡，艱難地塞進背包。

我買菜回去要小心躲過房東。房東太太住在市場對面的公寓，假日沒事，她和一群老人會聚在公寓的樓下聊天，區裡的老人特別多，印尼女傭推著牽著他們出來，大概是寂寞的緣故，他們一整個早上不會離開騎樓。假日有一些賴床的恍惚的時刻，窗外陽光普照，零碎的印尼話和閩南語從樓下的菜市場攀爬上來，隱隱晃動我的窗格。有時，我會以為自己從未離開過家鄉。

然而我是遠遠的離開了。

十八歲出門遠行，我從小鎮搭車到吉隆坡去申請台灣的大學。自己填寫志願，每一筆都遠遠地離開小鎮。錄取通知寄來，考上台北一家大學的英文系，我打開地圖測量台北和我家地址的距離。

我到吉隆坡去買書，希臘羅馬美國英國拉丁美洲，一本一本疊在客廳裡。我埋頭讀書，用阿爸阿媽看不懂的文字隔斷他們的腳步。

開學第一天，我揣著一大疊陌生的鈔票在陌生的校園裡跑註冊手續。其中一項手續需要到教官室申請免役證明，教官室有個熱情的老教官，一聽我開口就問，「你是馬來西亞僑生嗎？」

我說：「是。」

老教官他拍拍我的肩膀說：「歡迎回國升學。」

他的手掌十分厚實。

帶來的錢很快就花光，我到自助餐店打工。我在打工的店裡被分配到一間廁所，老闆規定每兩個小時巡廁所一次，把地板擦乾，補充廁紙和洗手液，清理擦過大便廁紙的垃圾桶。最後那項工作經常讓我感到疑惑，為什麼不把衛生紙也直接沖下馬桶就好了？老闆說，因為台灣管線太小，馬桶容易堵塞。

店裡奇怪的客人很多，他們把尿尿沾到地板，把用過的衛生棉放在洗手檯上，把大便塗在門板。我看著這群下班後帶著微微的汗臭和小孩，或是隔壁補習班上課前來吃飯的，排隊輪流點排骨飯和大陸妹的人群，不敢相信裡面有人以將下體排出的體液塗自助餐廁所為樂。

我對自己說，這世界好大。

我對這份工作心滿意足。自助餐店打工的福利不少，一來有免費的員工餐，二來還可以練習對話。店裡來來往往的客人很多，卡車司機和旁邊國小的老師，還有讀五專的新住民二代。他們的聲音在店裡互相碰撞，我夾菜擦桌子時默記那些語調聲勢，折拗自己舌頭的記憶。

重新學習我的母語，變成你們的樣子。

晚上十點放工，必須穿過菜市場才能回家。那時攤販都已經收了，只留下幾盞低瓦數的橘紅燈泡，燈泡照著棚架上亂無章法的電線，電線裡夾纏陳年灰塵和蜘蛛絲。蜘蛛絲結出漂亮的八角形網，網子被風穿透時輕輕地晃，風驚動下面豬肉攤的蟑螂，它們揀拾木頭砧板縫隙間的肉末。

我看見老鼠在陰溝，它們黝黑的眼睛也回望著我。

路面不平，下雨的夜晚要小心不要一腳踩進汙水窪。

不過這一切都是可以忍受的。比較可怕的是每幾個月一次的消毒日。那時白煙呼嚕呼嚕灌進市場，然後從四面八方擠出大量的蟑螂。我們都知道菜市場就是蟑螂窩，但在買賣炸雞腿和高麗菜的時候，我們通常假裝他們並不存在。直到白煙呼嚕呼嚕灌進市場，上千隻不同品種與大小的蟑螂成群出現，流溢到大街上。

不久後街道上滿布黑褐色的屍體。

蟑螂真是生命力頑強的生物，全世界的蟑螂都是。如果遇到夠大的蟑螂，白煙的劑量不足以毒死它，它翻肚，露出腹部節狀的紋路，帶刺的健壯小腿在空中抓撓，不規則地痙攣。街上的店家看著噁心，用掃把去掃，它「騰」地飛起來。傍晚，從豪華公寓裡出來散步的漂亮的馬爾濟斯嗨得快瘋掉，它們跳躍暴衝，追著想要抓一隻來吃掉。拉著狗狗的漂亮少婦驚恐地收繩，狗狗被項圈勒住喉嚨，眼睛突出。

我從房間的窗戶往下看見這些事。我想像城市是一道肚腸，蠕動千迴百折的巷弄將體內的異物排出。

遇到消毒的話，放工回家就不能走市場裡的路了。那裡太暗太髒，一個不小心鞋底就會黏滿蟑螂。所以必須繞開市場從大路走回去。

可是走大路有走大路的麻煩，那條路上永遠都刮著迅猛的強風。強風的源頭是大路上一棟高聳的豪華公寓，三十層樓高，平滑的灰色現代主義風格在我們社區老舊公寓間不協調地拔起，四方吹來的風全部被豪宅擋下，灌入周圍的小巷裡。風把巷弄間的腥臭腐氣催逼出來，居民只要一走出騎樓就被亂風拍打。

有時圍聚在騎樓下的印尼看護們聊得興起，大風推著輪椅上的老人緩緩前進。

颱風來臨之前，我見過大風將老人吹倒在地，四腳拐杖咕嚕咕嚕地逃離。

家鄉沒有颱風。

第一次聽到颱風要來的新聞，我學人家買了很多泡麵餅乾回家，跟房東借了厚膠帶，在窗戶貼上兩個大叉叉。晚上沒去打工，我泡了平時捨不得吃的高級泡麵，看著螢幕上的雲圖變換顏色，等颱風慢慢逼近這座城市。

然而颱風在遙遠的海岸線猶豫不決，雨久久不落下，我在綿長的等待裡睡著了。

夢見家鄉的大雨。

每個午後，陣雨夾帶著大雷敲擊小鎮。

規律的巨響把我從夢中吵醒。

我爬起身來看，發現是廁所的門被風吹開，不斷拍擊門框發出規律的撞擊。我這才意識到颱風到了，暴雨轟轟轟地敲打鐵皮屋頂。豪宅送上來的強風搖撼窗格。

睡意朦朧間世界一片混沌。

我掙扎著起來想要下床去把廁所門關好，卻一腳踩進水裡。我在暗中看見水光閃閃，整個地板都是水。天台的排水孔大概是堵住了，水從天台上流進來，它們帶著泥漿穢物從門縫漫入房間，把我的東西都泡在水裡。我急忙把書本雜物撿起來，高高地堆在房間唯一的桌子上。書全都發胖了，我坐在床上發呆，看著水滴沿著泡開的桌腳流下。忽然想起睡覺的床墊，我伸手下去一摸，觸手一片冰涼溼冷，我發現床墊底部也溼了一大片。

我躺在床上，知道水遲早會浸透我身下的床面，但我什麼也做不了。

這時我想起廁所是乾的。因為套房廁所的地板比房間高出很多，水不可能淹得上去。我決定在廁所睡一晚，等明天房東過來再說。

我尿了一泡尿，用拖把將廁所地板的水跡仔細地抹乾，然後把冬天的棉被翻出來，鋪在廁所瓷磚上當床墊。枕頭被子也都搬進來，整齊地堆在棉被上。

睡前想起手機需要充電，我從高聳的雜物裡找出延長線，插在廁所的插座裡。

布置完成後已經是半夜三點了，我對自己的成果心滿意足。我把廁所的門關上，安逸躺進棉被裡，聞著棉被裡殘留的烘衣味。廁所隔音意外地好，我只聽見抽風機馬達發出低頻的聲響，屋外的雨聲彷彿來自很遙遠的地方。

颱風和熱帶雨的氣味竟然如此相像。

很小的時候，阿媽帶過我到雙峰塔，也就是你們說的雙子星塔，去看很大的噴水池。那天早上阿爸出門工作後，阿媽讓我穿上過年的衣服，走了十幾分鐘的路才到最近的巴士站。大人一塊錢，小孩八角，印度人車掌給我一張紅褐色的票，阿媽叫我要好好看住，之後他們會檢查。

「弄不見就回不去咯！」阿媽這樣警告我。

我把車票折成一小塊，緊緊捏在手心裡，不斷地把票打開來檢查，又再折回去。路上的風景我都不記得了。

結果一路搭到目的地都沒人來查票。我們轉搭計程車到雙子星塔，當時它好像還是世界最高的建築物，要幾年後才被台北101取代（聽見這個消息時我感到失落，老師說，以後不能再寫我國擁有世界上最高的建築）。雙子星塔看起來像兩根巨大的玉蜀黍，裡面都是很漂亮的店鋪，冷氣很強，大片落地玻璃。我們在裡面繞了一圈，然後阿媽指著櫥窗裡一件雪白色的童裝外套，就是電視裡下雪的時候穿的那種，她問我：「這件美不美？」我說「很美。」阿媽說：「以後阿媽買給你。」

我們到樓上買麥當勞。阿媽告訴我說這是吉隆坡才有的哦。午餐時間，麥當勞裡沒位子坐，我們外帶著走。一個麥香雞套餐，一個鱈魚堡套餐，還有兩杯冰可樂。阿媽提著沉甸甸的紙袋下樓，紙袋在幼年的我鼻尖前晃動，透著油膩膩的香氣。

我們到雙子星塔後方的公園去吃。

自動門向兩邊滑開，一踏出去，金黃色之光落下，我看見一座巨大的噴水池裝置在公園中間，數十個噴口依循不同的姿態眩目綻開。有噴口分散成扇形，模仿孔雀前後搖晃。又有細長的水柱圍成一道柵欄，柵欄中間關著主水柱，平地噴起十幾層樓高，然後水失去動力而墜落。轟轟轟轟，公園中央下起小型的暴雨。

當時午後的陽光穿透高空落下的水花，我看見其中閃現的虹彩。

我痴痴仰望，看得連走路都忘了。阿媽拉著我往前走，笑說：「沒見過世面的鄉巴佬。」

阿媽牽著我的手，我們沿著水池的邊緣走到公園深處。那裡面有很寬廣的草地，錯落幾座大型兒童遊樂設施，到處都是跑著叫著的小孩。「吃完再去玩。」阿媽說。她找了一小塊草坪，頭上有陰影篩下陽光，光斑搖晃，我們坐著分吃漢堡，喝冰可樂。

不愧是大城市，路面上一點垃圾也沒有，所有東西都那麼乾淨明亮。我把手掌伸進水道裡，看手上的油花在水面上開出流動的彩虹，我透過那道七彩斑斕的虹膜，觀察水下石子的紋路。

「好吃嗎？」阿媽問我。

「好吃，」我喝完飲料，嘎啦嘎啦咀嚼冰塊。「我還要吃薯條。」

「阿媽的給你。」阿媽把薯條倒到我的紙袋裡，她說：「薯條阿媽以前每天都吃。」

我抓了一把阿媽倒給我的薯條塞進嘴裡，迫不及待地要去玩。公園裡有座像小山丘一樣高的滑梯，我滑下來以前看見阿媽在底下對我招手。我高舉雙手，揮舞著向阿媽打招呼，阿媽喊我的名字，叫我要小心一點。

或許是天氣太熱的關係，阿媽的臉色紅潤，聲音被太陽晒得溫暖。

吃完漢堡天色已經暗了。烏雲從雙子星背後湧現，這座城市幾乎每天都要下雷陣雨。阿媽說在我們回去之前，先去一下她以前上班的地方看看。

「我們走過去，很近的。」

我們從雙子星塔開始走，阿媽走得很快，路上車很多，她緊緊地拉住我。強風刮起路面上的塵埃，四處都灰濛濛一片，大風之間阿媽腳步堅定地拉著我走。我四下張望，那麼多不同的汽車和形狀怪異的高樓，我即便在小鎮的夢裡也從未看過這些景物。

我們走了很久很久。

我口乾舌燥，卻又不敢打斷阿媽的腳步。

直到我發現自己第三次看見同一棟大樓的時候，我忍不住問：「阿媽，我們迷路了嗎？」

「沒有，阿媽繞一點路帶你這個鄉巴佬看看吉隆坡罷了。」

但阿媽的腳步也越來越慢了。她在每個路口都停下來，觀望半天，嘴裡喃喃自語。我們在高速公路和大橋之間遊蕩，為了直直走向阿媽認得的某個地標，硬生生涉過車流，那麼多車子的鳴笛聲熔成一片。我知道我們迷路了，城市以阿媽無法理解的速度長出新的血管筋肉，層層覆蓋阿媽的去路，我們早已走不回原來的地方。但阿媽她不允許我們停下腳步。我們在城市的千迴百折的腸道裡盤旋迷走，最後連走回雙子星塔的路都無法辨識。

雷陣雨開始落下。

阿媽終於願意讓我們停下避雨。沒有帶傘，我們躲進一排老舊店鋪的騎樓下，雙腿痠痛，新衣服被汗水滲透，緊緊貼在後背上。我蹲坐在滿是黑泥腳印的地板，發現旁邊的景物已經完全不同了。老舊店鋪的牆壁油漆斑駁，露出底下烏黑的黴菌，身旁的柱子長著白絨絨的壁癌。我們似乎走出了城市的某道邊界。

街道上散落殘留紅色油漬的保利龍飯盒，燒到底的煙蒂。

大雨嘩啦啦地打下，那些垃圾在水面上浮起，輕輕流到我們的腳邊。陰溝裡溼漉漉的老鼠跑過，我看見它以幽暗的眼神凝望著我們。心下發毛，我拉拉阿媽的衣服問說：「阿媽，這裡是哪裡？」阿媽額前的髮絲被雨浸潤得細細的，但她眼神煥發異樣的光采：「這裡秋傑路啦！阿媽很熟的。」

「那我們可以回家了嗎？」

「你要不要看巴剎？這裡的巴剎很大很出名的。」

「阿媽我們可以回家嗎？」

「不過巴剎這個時間好像關了……」阿媽兀自喃喃自語，像是沒聽見我的話一樣。雨下得越來越大，路上連人影沒有。我抬頭看著雨水從天上落下。

忽然我看見，對面矮樓上有個女人正在低頭看著我們。女人的半身探出窗外，她上身什麼也沒穿，她袒露著胸乳，讓骯髒屋簷上流下的水全都淋在她身上。也不去遮雨，她接著像雜耍一般，用雙手支撐住窗台把身子向外傾，讓大半個身子都探出窗外，幾乎就要從樓上掉下來了。

她的身子穿過骯髒的水簾，暴雨直接打在她的頭上，她也不遮擋。雨水遮擋了我的視線，我看不見她的臉，然而當陰鬱的光從空中落下，我看見雨水在她的輪廓上鑲出一圈銀光。她髮絲間流下的水混合著雨滴落到我的腳邊來，我在水中聞到她身上的沐浴乳香氣。

窗臺上的女人看著我，我痴痴地仰望她。接著她惡作劇般對我招了招手，我也舉手回應。「小心不要掉下來！」我想這樣對她說，然後我發現眼前一片黑暗。

阿媽用手掌把我的眼睛遮起來，她說「那些都是髒女人，不要看。」

我點點頭，我的眼瞼感受到阿媽手掌的紋路。

離開前我抬頭看向大樓最後一眼，女人不見了，窗臺上晾著條紅毛巾。

回家前阿媽說不要跟阿爸說我們淋雨了。如果阿爸問起我身上的水，就說我是被雙子星塔的噴水池弄到的。我不知道她怎麼想到如此拙劣的藉口。回到家裡天已經完全黑了，門前停了好幾輛車，整個家族的大人都聚在我們家客廳裡。大家以為阿媽帶著我離家出走，急得快發瘋。

我洗澡的時候聽見他們大吵了一架，阿媽哭喊：「我帶我自己兒子出去也不行嗎？」

那場架乒乒乓乓吵到深夜，我躲在房裡早早地睡了。

睡前我想起那張去吉隆坡的車票，我從口袋裡掏出一小塊毛絨絨的暗紅紙塊，打開來看，上面的字跡漫漶一片。

颱風其實和家鄉的雨極為相似，我一直覺得颱風只是更為綿長的熱帶午後雷陣雨。雨中的夢境綿長，我在廁所裡安穩地過了一夜，睡得比我在房間裡還好。第二天房東趕來，看我房間淹水了也沒說什麼。「人沒事就好。」她說。我指給她看我泡溼的床墊，她答應我從下個月的房租裡面扣掉。

「扣多少？」

「弟弟你先去買看看花多少錢，阿姨再扣給你。」

房東阿姨離開後我把床墊翻了個面，打開窗戶讓陽光把它晒乾。然後我上購物網站截一張床墊的圖，告訴房東說我買了兩千塊。我本來以為舊的床墊晒乾就沒事，搬回來繼續睡，現賺兩千。沒想到晚上床墊開始發出詭異的臭味，像是有什麼東西死在上面一樣。

根本沒辦法睡。我把床墊丟到外面天臺上，重新把棉被鋪回廁所地板。從那天開始我在廁所裡睡覺。

其實睡廁所並沒有想像的糟糕。夏天的時候頂樓加蓋特別熱，白天暑氣在房間裡陰鬱不去，我發現廁所反而比房間還要涼快，適當的溼氣可以調節溫度，抽風機開著的話通風也很好。我買了新的延長線，把桌燈、電腦和風扇都搬進廁所裡面來。

夜裡我一邊看書，一邊把赤裸的身子靠在白瓷磚上。寒意像冷氣滲透皮膚，來到台北以後從未感到如此愜意。

冬天來到以後，雨下得更長了。

房間因為潮溼開始長出壁癌，牆壁一塊塊地腐爛，浮起的牆面下有毛絨絨的觸感，按下去會有卡茲卡茲的聲音。可能是之前被水泡過，還有股驅之不去的黴味，我噴了一整支芳香劑都沒用。房東太太去中國探親，說短時間不能過來處理，我懶得費神，乾脆把必需品全部搬到廁所裡去。

說真的，這樣的生活也沒有想像中困難。我原先就在廁所裡煮飯和排泄，現在不過多了一項睡覺。吃喝拉撒都在兩步開外，生活還比以前方便得多。

只有洗澡比較麻煩，需要把東西全部搬出廁所，洗完過後又要仔細確保廁所地板夠乾，才能把東西搬回來。好在天氣變冷後不容易流汗，一兩天洗一次也還可以接受。

冬天的廁所開始變冷，我用存下的錢買了電暖爐。電暖爐打開後發出橘紅色的光，我暖烘烘地把自己裹在棉被裡。好舒服，漸漸地連門都不想出，不想上課也不想上班。我把手機關掉，開始作很多暖烘烘的夢。

衣服晒乾後焦脆的氣味。

中學下課後獨自走路回家，把手背貼在頭髮上，太陽把頭髮燙得發痛。

口說課，教授執著地要糾正我的發音。

「Sum-mer，先起來再往下。」

「撒麼。」

「不對，你兩個音都是平的啊。」

舌頭頑固地往下抵住，從來未曾習得新的說話方式。身上似乎永遠帶著某種氣味，顯著地讓旁人嗅出我的外來的異樣的身體。是因為我說話的口音嗎？是因為我寫字的姿態嗎？從來沒有人嘲笑我的口音，我卻因此憤怒得滿臉潮紅。

只有在我的廁所裡是安心的。想來覺得神奇，人原來只需要那麼小的空間就可以活下去。把門關上以後，不管城市發出再大的聲響也被隔絕在外，垃圾車的鈴聲、里長報告、競選車廣播……城市蠕動充滿皺褶的腸胃將我捕獲在內，我在我的洞穴裡靜謐入眠。

窗外下著永遠不會停止的細雨。

廁所裡不知何時開始長出暗紅色的小蜘蛛。她們在我家具間織網，怎麼清都清不完。我睡醒的時候賴在床上，看見她們留下的形狀精緻的網，中間停著顯眼的紅點。我起來打死一隻，破壞她們的網子，把她們的家和死體一起沖下馬桶。我檢查四處，沒有發現有其他蜘蛛的蹤跡。

下次睡醒後就發現了更大的網，還有更大的兩隻紅點。怎麼清都清不完，怎麼殺都殺不乾淨，她們挑釁般摧毀我維持廁所清潔的努力。最後那些蜘蛛網沾滿我的衣物，馬桶和檯燈，甚至在插座裡也有被電死的焦紅屍體。紅蜘蛛的出現引發我的恐懼，這裡明明是密閉乾淨的空間，她們到底是怎麼進來的，又要繁衍到什麼底端去？

徒勞地追打蜘蛛時，我經常感到自暴自棄的誘惑。我費盡力氣地想要從糜爛的糞坑裡將自己拉起，卻每每被巨大深沉的疲憊感伸手掠住，慢慢將我拉進酥麻甜蜜的陰影之中。我清晰地意識到，自己正斜斜地陷入一個深色泥沼裡。

聽著窗外下著不會停止的雨時，會有想要消失的衝動。

不能這樣了，我這樣告訴我自己，要開始壞掉了呢。

我必須再次搬離廁所，振作起來。

首先要去買個床墊，然後把所有的衣服拿去洗乾淨再烘乾，回來好好地洗澡。回到正常人的房間裡面，成為更好的人類。

凌晨十二點，我把全部的衣物塞進從家鄉帶來的大行李箱。我艱辛地把行李箱抬下六層樓，卻不小心弄斷一邊的輪子。我恨恨地把斷掉的輪子丟掉，半拖半抬，硬是把行李拉到自助洗衣店去。氣喘吁吁地把行李箱打開，衣服全部倒進特大號洗衣機裡面，加了兩倍的洗衣精。洗完過後還要再烘乾，把一切隱匿的汙穢塵蟎蟲卵澈底清除乾淨。

在等衣服烘好的空檔我去買床墊。附近有二十四小時的連鎖商場，值夜班的店員白白淨淨的，是很漂亮的女生。我問她哪款床墊最便宜，她說：「你自己看看，都在那邊。」我選了一個扁扁的床墊，底下有竹蓆那種，這樣就不怕滲水了。

結帳的時候漂亮店員在掃地，我看見畚斗裡面有幾隻蟑螂的殘骸。

「這裡蟑螂很多嗎？」我故意找話跟她聊。

「今天市場消毒啊，你整天沒出過門？」

「早上在趕報告沒出門，剛剛太暗了，我都沒注意到。」

「你是外國人嗎？」

「對啊。」我把床墊夾在腋下，跟她說再見。

「你中文講得很好。」她這樣跟我說，「晚上會下大雨，要小心。」

等衣服烘乾之後，要命的大雨又開始了。身上沒帶傘，還拖著一個大行李箱和床墊，我思考著應該怎麼回去。其實距離並不遠，從洗衣店就能看到我在公寓頂樓的鐵皮屋。不過走市場的路回去的話，昏暗的天色無從閃避蟑螂殘骸，必然會踩進泡滿蟑螂屍體的水坑裡，行李會碾過奄奄一息的老鼠。可是捨棄市場而走大路的話，豪宅下的強風打下來，我帶著全副家當連走都走不了。我猶豫著回去的選擇。

新生的第一天適宜新的冒險，在這座滿是巷弄的城市裡，一定會找到其他回家的路。我知道只要一直往正確的方向前進，即使繞得遠一點，最終還是會抵達目的地。於是我看準了家的方向，轉入某條陌生的巷，步伐堅決地走。

雨越來越大了，我把床墊頂在頭上擋雨，一手拉著行李箱，像是離家出走的小孩。

沒走多久就遇到死路。

幸好我早有準備，這次我牢牢地記住了原來的路，沿路折返，抬頭確定一下公寓的位置，再次轉入另一個路口裡。我堅定地走，在潮溼的巷弄間穿過不允許通過的私人土地和臺階。

但我逐漸意識到城市的路像血管一樣分岔延伸，不斷衍生出新的方向，傾斜著把我導向錯誤的位置。明明對準我家的窗戶直直前進，走出巷子後公寓卻在我的後方。我不斷地向前走，大雨暴打在床墊的塑料套上，發出劈啪劈啪的撕裂般的聲響。那些分歧的小路混亂我的方向感，我用床墊遮住手機打開導航，然而巷子貼得太緊，導航四處飄蕩，算不清我目前所在的位置。

路上沒有人。

內褲溼透的時候，睾丸傳來冰冷的觸覺。城市像迷宮一般容納我的同時把我篩出自己的核心，我不斷在她體內迴轉繞圈，無法抵達目的地，也回不去原來的地方。大雨不斷落下，行李箱已經全溼了，我的手越來越酸痛，再也無力抓住手上的東西，風吹過時頭上的床墊歪歪斜斜地搖晃，雨水全都倒在我身上。我唯一能做的只有用盡所有的意志向前走。

然後又是一個死巷。

大雨落下在我身上，我把東西全都放下，氣喘吁吁地坐在床墊上休息。

忽然我看見，那座在死巷內正對著我的公寓，樓上亮著一盞燈，燈下有個老女人正低頭看著我。那是浴室，女人正在洗澡，她沒有把窗戶關上，我隔著路面看見她充滿皺褶的裸體，她也靜默地回望我。

此時她正把沐浴乳在手上抹開，塗在身上。當沾滿泡沫的手掌滑過她身上的皮膚，那些皺褶的谷底便滿盈着乳白，凸起處一一露出如山巒起伏。女人仔細翻開皺褶，搓洗鬆弛的乳房和肚皮上的疊痕。肥皂泡沫流到胯下，她用指尖輕柔撐開陰戶的每道皺紋，以恰好的力道拭去分泌物的痕跡。然後她把身前多餘的泡沫抹到身後，拿起掛在水龍頭邊的沐浴刷刷背，刷得那麼用力，白色泡沫下的皮膚都在發紅。

接著她再擠了一次沐浴乳，緩緩蹲下，很吃力的樣子，開始洗她瘦弱的雙腿。她把腳架起來洗腳趾頭，先是左腳的大拇指，然後到食指，依次洗到小指頭，然後是右腳的大拇指……等腳板也洗完了，她先打開水洗了一下手，另外拿出一瓶藍色的洗面乳，擠出一點點來，在臉上以轉圈圈的方式揉開。用完臉後還多出來一些，她塗抹在脖子和耳後。

等這一切都完成後，純白色的女人她打開蓮蓬頭，用手測試水溫，然後才站到清水下沖洗身體。她用手撫去身體每一寸的滑膩，沖得那麼小心，不容許任何一點泡沫停留在她年邁的身上。最後，她拿起一條火紅的毛巾，細細地把身子擦乾。

一切發生的時候，我痴痴仰望，浴室的橘光像燈塔一樣燒著，刺痛我的眼睛。

我低頭，看見巷弄內有蟑螂的殘骸碎片，暗夜裡他們的體液和甲殼晶瑩地反光。

我沿著那些微弱的光一步一步離開巷弄，零碎光點的數量越來越密集，雨水逐漸淹升，它們輕輕晃動浮起，在前方匯流成一道白光熠熠的道路，指引著我回家的路徑。

雨還在夢的邊緣落著。

是我自己的聲音不一樣了。在大腦裡面不斷描述外面的事物，不停說話的那個聲音忽然用了另一種語言在說話。腦海中每個思緒的聲音都開始說起華語，上一秒還是混沌複雜的語言，下一秒馬上變得如此簡單明亮，彷彿強硬地被設定成為母語。

弟弟的遊戲

這次回來，也是因為母親的緣故。

那時候世界處於千年難見的大疫中，當醫生告訴我母親的狀況並不理想，我就有不祥的預感。我當天向主管請了長假要回家，主管慷慨同意。然而英國疫情嚴重，從倫敦起飛的班機大多都已經停飛，我耗費極大的力氣和時間，轉好幾次機才找到回家的方法。

飛機一落在吉隆坡就被接到隔離酒店裡。

房間沒有對外窗，一關上燈便陷入深邃的黑暗。

整整兩個禮拜的時間不辨晝夜，肚子餓就走到走廊拿飯盒，偶爾有電話，對另一端交代未完成的工作，或是報告身體的狀況（沒有，沒有不習慣，一切都很好），並且一點一點地聽安哥向我說明喪禮的進度。

在此之外的時間，幾乎全都陷入黝黑的睡眠裡。

完全不記得上次這樣凶狠地睡覺是什麼時候。

原本擔心隔離太無聊，在機場買了本叫《瘟疫》的小說。吃飯的時候隨意翻了幾頁，讀到裡面說「世上沒有人能免疫，一個也沒有」，心裡又覺得有些異樣。把書闔上，再次倒頭入睡。

做了很多亂七八糟的夢。

睡醒之後一個也記不起來。

或許因為這樣，兩個禮拜以後當我坐上車沿著空無一人的高速公路駛入小鎮，仍有種處於夢中的錯覺。因著禁令的緣故，鎮中心大多數的店鋪都沒有開門，路上空蕩，久久才有一台車子經過。

車子駛過老家門前的草場，幼年時我經常和弟弟在這裡玩，但現在這裡已經完全荒廢，大約很長時間沒有人修剪，野草都長到我的大腿高。我的目光穿越草尖，遠遠地瞥見坐在家門前的我弟弟。

我弟弟坐在院子前的紅色塑膠椅上，看見陌生的車子駛近，正在歪頭細看。我正想喊他幫我開門，他發現是我，竟起身跑回屋內。

過不久，安哥從屋裡出來幫我把門打開。

「阿國。」他喚我。

「安哥。」我邊回話，邊從後車廂搬下行李。

安哥比印象中老了許多，頭髮只剩下勉強支撐的幾縷，皮膚暗沉發皺，讓我想起被煙熏的臘肉。我從來沒辦法自在地面對安哥。父親走後，一直都是由住在隔壁的安哥照顧母親和弟弟。親戚間流言蜚語從來沒有少過，坦白說，無論怎麼樣我都不在意，現在也都不再重要了。

不過現在母親離開，我和安哥的關係忽然變得更為微妙。或許，我還需要更多的時間，才能決定該用什麼立場和方法去面對眼前的事。

我跟著安哥走進門，院子四處殘留著喪禮的痕跡。洋灰地上留著一圈黑色的火燒印記，半袋金紙疲軟地倚靠牆角，旁邊散落幾張客人坐的紅色塑料椅，椅子上攤著一份華文報紙。

報紙上面印有母親的照片，即便看不懂，我也知道那是母親的訃告。我拿起來在上面找到我自己的名字，然後是我弟弟的名字。安哥說：「這是特地留給你看的，你匯給安哥的錢安哥沒有亂亂花，全部有做記錄的。明天那個做墓碑的人講要來跟你傾，他們說……」

我打斷他的話。「謝謝你安哥，你已經幫我們很多了，現在我都回來了，剩下的工我來做就好。」

安哥含糊的應著，裝作沒有聽見我的話。然後他轉過身去朝屋子裡大喊：「宏，哥哥回來你怕羞嗎？快點出來叫人了。」

「安哥沒關係。」我說：「這幾天辛苦你了，你回去早點休息。」

「那，好，好。我明天再來陪你跟他們談……」安哥猶豫一陣，訕訕地離開了剛剛為我打開的大門。弟弟並沒有出來，我把東西搬到自己的房間。

午後，光從暗紅色的窗簾透入。

房間窗簾和我童年時用的還是同一張，光隔著遙遠的時間，在房間裡面映出一樣的色調。屋子裡面瀰漫著一股微妙的異味，我聽見弟弟在隔壁的房裡，發出吵鬧的啪嗒啪嗒聲，像是在敲打什麼鐵器。

一切細節都和我童年的午後一模一樣。我坐在床沿看著灰塵在光中飛舞，感受到前所未有的安寧。這時我才真切地意識到，母親的靈魂已經在我連綿不斷的睡夢中離開了。

現在只剩下我和弟弟了。

〼〼〼

「阿國，你是欠你弟弟的。」

這是我母親最後一句跟我說的話。

離開倫敦前，安哥打視訊電話給我，說母親可能快不行了。馬來西亞的網路訊號不好，母親聲音虛弱，安哥把鏡頭湊到母親面前，畫面上一片格子狀的暗紅肉色。

「阿國，」模糊的肉狀中我聽見我母親說：「你是欠你弟弟的。」

聽見這句話，我反射性地在手腕上感受到一陣緊。幼年時每次弟弟惹出麻煩，我母親就會在夜裡緊緊箍住我的手腕，把我拉到她的房間，那時她還年輕，手勁大，她以同樣的話重覆提醒我記得我和弟弟共同的命運。

我和弟弟是雙胞胎，但我們從出生開始就有著極大的差異。出生那天，我的體重打破了鄉下診所的記錄，然而弟弟的瘦弱，卻也是診所從未見過的。當醫生把肥大的我從母親的陰道裡艱難地拉出，弟弟發育未全的小手緊緊掐進我的腳踝，尾隨著我一道被拉入現世。

母親從這裡讀出一些關於宿命的隱喻：「你弟弟像我，苦命，一輩子怕寂寞，所以出生的時候緊緊抓住哥哥的腳怕哥哥丟下他。」她又說，「所以你再怎麼不甘願，你都跟你弟弟骨肉相連，這是你前世就欠他的。」

我十分厭惡母親這樣赤裸的偏心。弟弟做的事跟我又什麼關係？難道只因為我比弟弟早幾秒鐘出生的緣故，我就應該承擔弟弟所有的作為嗎？這樣不公平，我對我母親說，早知道，我就當弟弟就好了。

母親聽見我的話。她站起身來，走近我，用手掌抓住我的下巴。

然後她狠狠地摑我耳光。

啪。啪。啪。

「你給我收聲，我跟你講，你收聲。」母親一邊打我，一邊這樣說著。前面幾次遇見這樣的刑罰，我從喉嚨裡嘶吼，嚎哭，意圖用這樣的方式得到母親的憐憫。然而巴掌仍一下一下落下，啪。啪。啪。我無論如何掙扎都躲不開母親的擊打。

於是後來我學會安靜，忍住臉上的灼熱和眼淚，以相等地冷漠回應母親的殘酷。我很早就發現，這樣的刑罰其實是場時間的競賽，只要忍到時間過去，母親的手臂會逐漸痠軟，然後我會裝作毫不在意地摸摸自己的臉，獨自回到自己的房間去。

下次逮到機會，仍舊用同樣的話去激怒她。「早知道，」我說：「我像弟弟那樣做白痴就好。」

最後母親終於也意識到這樣的懲罰是徒勞無功的。

她惡狠狠地盯著我，胸部上下起伏，卻什麼也沒有做。

幼年我沾沾自喜地以為這代表了自己的勝利。

直到很後來，我才開始為自己的殘酷而感到懊悔，但那時我已很難找到彌補的時機。當我長大到足以取代父親決定家中諸般事務後，母親對我的態度開始轉為敬畏。她客客氣氣地，以徵詢意見的方式對我說話，並從眼底偷窺我回答時的神色。即便對我的回答不滿意，母親嘴裡仍說好，或是說，再看看你父親的意思。

我知道那是母親從她引以為傲的家族中繼承而得的良好教養，對此我深感不安與不耐。但要我出口阻止母親這樣做，似乎反倒加強這種不平衡的關係。遲遲找不到合理的解決方法，我只能默默地由她去，讓母親依照自己想要的方式生活。

母親挑釁般地與弟弟愈加親近。

有時我們三人坐在客廳看電視，母親叨叨絮絮地，對弟弟一再講述鄉人婚喪嫁娶的瑣事。弟弟默默地看著電視沒有回應，但母親不以為意，她獨自不斷說話，尖細的聲音與電視裡的聲音被混雜成一片，在我耳邊嗡嗡作響。

我終於不耐煩地說：「看電視你一直在旁邊吱吱喳喳什麼？」

母親靜默。

廣告結束的瞬間，她低聲對弟弟竊語：「阿宏你看，現在我們連說話都不可以了。」

□□□

因此後來當母親在昏聵之中以近乎哀求的語調重述：「這是你欠你弟弟的。」我感到深深的哀傷。

我說：「我知道的，媽你不用擔心。」

□□□

說實話，先生，我並不覺得我背離了母親的叮囑。剛上中學的時候，我放學便載著我弟弟，騎半小時摩托車回家。當時我的腳板才堪堪能從摩托車上踩到土地，等紅燈的時候，必須微微側過車身才有辦法穩妥停下。當然沒有駕照，有時甚至沒有頭盔，所幸我們鎮上的警察並不在乎這種小事。

家附近並不是沒有中學校。實際上離我家最近的中學，便是為數不多的華文中學之一，周邊鄉鎮的華人甚至寧願每天從遠方通勤到這裡上學。而我們之所以要反其道而行，到路途遙遠的馬來學校去，是因為只有那邊設有公立的特殊教育班。

弟弟直到中學才上特殊教育班，其實時間已經晚了。

儘管一出生就被告知命運，可是母親看見弟弟抓住一個事物就死死不放，她仍心存僥倖。她聽過一些關於偏執的天才的故事，她想，或許，兩個之中比較聰明的是我弟弟。

我們兩人吃一樣的東西，喝一樣的水，看一樣的兒童節目，然而弟弟的成長硬生生慢了一截。當我開始直立走路，弟弟卻還在匍匐爬行；我開口跟母親頂嘴，弟弟連吐出單音節的「媽」都有困難。

七歲，我母仍堅持弟弟只是話說的比較慢，說服父親把弟弟送到跟我一樣的學校。那時我們上的還是華文學校，我很快就發現了以背書和考試換取稱讚和關愛的方式。備受寵愛的校園生活，顯然比我陰鬱的家庭好得多，我拚了命地讀書、比賽、參加各式活動。但我的弟弟，他卻連最簡單的加法都算不出來。

也是在這時候，弟弟開始長出典型的樣貌，雙眼的距離逐漸拉開，眼角上斜，鼻子陷落，舌頭不由自主地露出唇外，即便不說話，口水也會沿著嘴角滴落衣領。

當弟弟以怪異的姿態走過校園，幼年的我看著弟弟的變化，恐慌地意識到，我和我的雙胞胎弟弟將會長成截然不同的樣子。也因為幼年，我們對於有別於自己的事物，展現出誠實又淳樸的殘酷。

有時我刻意在母親面前拿出弟弟空白的考卷，故作驚訝：阿宏你怎麼可以只寫名字？宏，你這麼簡單的題目也不會嗎？我弟弟傻笑著不回話，而我，我說過當時我年幼，我仍無能讀出母親靜默下翻騰的情緒。先生，我想你也能理解我當時的心境。

弟弟一路被欺凌，從學校回來，滿頭髮的洞，問他原因也只是笑。

我母親買了帽子給弟弟戴上，隔天帶著他去找老師。老師看完我弟弟的頭，只委婉地說：「不如，讓弟弟轉到另一間學校，哥哥留在這裡，兩人都會有更好的發展。」

我母親望著弟弟頭上的洞，終於被迫承認弟弟和我們不同。

母親告訴我父親：「既然要走就一起走，讓哥哥和弟弟互相有個照應。」我父親本來就是讀英文書，上不上華校他認為沒什麼差別，像他不懂華文也一樣過得好好的。因此我們兩人一起從家鄉的華文小學被拔出，放到遠處的馬來學校去。

母親沒有駕照，父親承諾在找到工作之前，由他來載我們放學。但父親只在開學第一天去接過我們。我清楚記得，當天他過分正式地穿著白襯衫。

父親問我：「你弟弟咧？」

特殊教育班被隔離在校園的另一頭，我領著我父親穿過半個校園，走到用鐵柵欄圈起的小校舍。磚紅屋頂，粉橘色牆面，綠色玻璃百葉窗，校舍與一般學生的校舍無異，唯一的差別是那裡只有一個入口，進入前要經過幾道上鎖的鐵門。裡面每間教室的門窗，也都用細長的鐵條封成小小的格子。

我的弟弟被關在鐵籠裡了，當時我這樣想。

老師把我們帶到籠子的裡面，我們看見十幾個穿著白色上衣，綠色長褲的學生。沒有人吵鬧，高溫的午後引發瞌睡，他們鬆散地坐臥一室，在各自位子上睡成一片。整間教室裡只聽得見電風扇運轉的聲音，幾個人發出小小的鼻鼾，安寧得像是某種培育白胖蟲類的實驗室。

當我和父親走進教室，幾個人醒了過來，抬頭望向我們。那時我們發現，這裡每個人竟然都如此面目相似，同樣歪斜的眼睛，發亮的高聳額頭，扁平的鼻子。霎時間，我和父親無法認出哪個是我弟弟。

老師指著後方的一個人對我說：那是你的弟弟。

我父親催促我去叫他，「快點，我等下有約。」

我盡可能安靜地穿過弟弟熟睡的同學，走到教室後面，確認過那是我弟弟，抓住他的肩膀輕輕搖晃：「宏，放學了，起來。」

弟弟大概因為一整天的課而極度疲累，他頭也不抬地推開我的手，繼續趴臥在自己的桌前睡。弟弟有嚴重的起床氣，我正煩惱著要如何在不驚動其他人的狀況下叫醒他，但我穿著白襯衫的父親卻已經等得不耐煩了。

他從教室前越過狹小的走道間的同學，大步跨越到我們面前，然後一把抓起弟弟的後領，將弟弟拉了起來。

驚醒的弟弟失措嚎哭，他在半空中用力蹬腿，像垂死掙扎的草蜢，徒勞地踢著空氣。

哭聲將整室的小孩驚起，尖銳的聲音慢慢從四面浮升，我環顧四周，看見每張臉都以相似的方式向內扭曲，我驚訝地看見那麼多弟弟的影子，他們嚎哭，蹬腿，接著隔壁的教室也傳來了哭聲，然後是樓上，整棟校舍都被哭聲震動著。

老師非常不高興，他讓我們下次安靜一點，將我們推出門外。

熱帶午後的天空經常呈現重灰色。

自此以後，我父親讓我自己載弟弟回家。

為了趕上新學校的進度，我每天放學後在圖書館唸書，寫當天的作業。等所有人離開，我走到校園後面的鐵籠裡把弟弟領出來。然後我們穿越冷清校園，走到外面牽摩托車，騎長長的馬路回家。

「國。」有時我們騎在路上，我弟弟會這樣叫住我，從背包或口袋裡掏出東西，向前伸手，獻寶般展開手掌給我看。那多半是一些雞零狗碎的物事，美術課做的卡片、原子筆的標籤、寫滿髒話的便條紙之類。

我敷衍地看一眼，說：「很骯髒，丟掉。」

引擎轟轟作響，風抓住我們的頭髮，弟弟抓住我。我弟弟不懂得控制力量，抓得很緊，掐到我的肉裡面。

「宏，放手，很痛。」我對他說。

▨▨▨

跟同班同學比起來，我弟弟的症狀還算輕微。他能夠妥善地照顧自己，會吃飯、上廁所、甚至能到熟悉的店鋪幫忙買跑腿。唯一比較麻煩的是，弟弟很容易被一些零碎的小東西黏住，然後深深陷在裡面，甩也甩不開。

有時走在路上，他會忽然停下來翻找路邊的垃圾，任人怎麼叫他，他都不理會，回家的時候手上又帶回幾件垃圾。

吸引弟弟的垃圾有各種不同的樣子，空寶特瓶、香菸盒、汽水罐、破舊的報紙和雜誌，後來我們發現，那些垃圾的唯一共同點是上面都印有文字。我弟弟對文字有不合理的著迷，每天晚上，他把玩撿回來的垃圾，怪腔怪調地讀出上面的字，然後又一一放到原來的位置。

弟弟將那些垃圾視為珍寶，房間裡看似雜亂無章的垃圾，弟弟每一件都清楚記得，只要有人稍微移動過，我弟弟就會大哭大鬧，用力揉鼻涕和眼睛，在地上蹬腿翻滾，無論母親如何安撫都無法停下。

我母親並不抱怨，她以手溫柔地撫摸正在哭泣的弟弟，她說：「你弟弟痴情，像我。」

弟弟之所以沉迷於垃圾般的文字，也和母親有關。那是在我們轉到馬來學校以後，我母親宣布：「人不能忘本，媽媽教你們華語。」

母親對教學全無概念，卻滿懷熱情地執行她的計畫。她從菜市場的書攤買來童書和字典，晚餐過後，她召集我們到房裡，一人送我們一本字典。然後她打開童書，讓我們一字一字地跟著她唸，童書裡都是些「小狗跳，拍手笑」之類的內容，當弟弟還在艱難模仿母親的發音，我以極快的速度囫圇唸完。

「我好了。」

「哥哥會了就要教弟弟啊。」

「我大把書要讀，費事理你們。」

母親的華語課後來就只有弟弟一個人。每個晚上，母親就這樣一字一句地唸一遍，然後讓弟弟自己也跟著唸。

跌跌撞撞地把整本書讀完過後，她進行了測驗，讓弟弟自己讀一次給她聽。

我弟當然一個字也記不起來。

我母親說，沒關係，不會的話就再讀一次。

我冷眼旁觀吟哦中文的弟弟和母親。那時剛到新學校，語言不通，身邊也沒有任何朋友，剛開始的幾個月我連聽懂老師說什麼都有困難。強烈的好勝心，逼得我每夜邊唸書邊掉淚。我無法克制自己作出這樣的推論：母親是為了讓弟弟看起來不那麼笨，才刻意地用這種方式拖住我的腳步。

她想把我變得跟弟弟一樣，我這樣想，並且帶著恨意躲避母親的華語課。母親既然硬生生地將我放棄，那我就再也不需要她和她的語言。我會找到新的語言，像父親一樣脫離家庭而生活。

時間沒有辜負我母親的苦心，耗費了整個月，弟弟終於能夠認出一本小書上的寥寥幾百字。之後又耗費了一整年，弟弟終於能夠把一套書裡每個字都記起來。母親到鎮上書局去買了更進階的一套，重複地進行這樣的活動。數年以後，弟弟以頑強的耐性把小鎮書局裡面能買到的兒童讀物全部讀完，儘管他不理解書中的內容，但能夠準確唸出每個字的讀音，閱讀的功課總算有小成。

然而我母親並不以此自足。她鄭重其事地買回了精裝筆記本，開始教我弟弟一字一字地抄寫書中的句子。

我看過弟弟埋頭抄寫筆記本。弟弟寫字時完全不顧筆畫順序，幾乎像畫畫一般，隨心所欲地從任意一個角落將字畫出來。前面幾本筆記裡面的字全都歪七扭八，部首和字形支離破碎，根本無法認出那是華文字。但我弟弟憑藉著驚人的專心致志，竟然也越寫越像樣子，最後的幾本筆記每個字都像是印出來的一樣。

我母親欣喜若狂，她向父親炫耀：「弟弟現在認識的華語字，比哥哥還多了。」

弟弟一旦被迷上，就再也無法從一件事上脫離。即便後來連母親都被綿長枯燥的教學弄得疲憊不堪，帶弟弟唸書的次數逐漸減少，我弟弟頑固地持續了下來。他將母親的功課納入每晚的儀式，就算沒有母親的監督，他仍自發地每日誦讀抄寫，也是這時候，弟弟開始從外頭撿回印有文字的垃圾，他將上面的字一一抄錄在空白簿子中，接著他看著自己抄錄的文字，大聲朗誦。

發現弟弟對文字的熱愛，母親非但沒有阻止我弟弟，她甚至幫助弟弟清洗帶回來的垃圾，從理髮店和茶店裡為弟弟收羅舊報紙雜誌。某次家裡附近的中文圖書館清理舊書，其中有大部分是整個小鎮沒人看得懂的大部頭著作，我母親欣喜若狂，她一個人走幾公里的路，磨破腳板和手指，一趟一趟地把成堆的舊書抬回家。

因為母親的包庇，房間裡面的垃圾越來越多。我無數次向母親抗議：大量的垃圾讓家中長期瀰漫異味，母親的身體越來越壞，大概也和滋長於其中的細菌有關。

我母親卻轉而對我發怒，她說弟弟玩這些東西是為了訓練大腦：「你不想要你弟弟好嗎？自己不學華語就算了，你弟弟想要學也不可以？」

後來母親因為生病而永久停下了華語課。我弟弟遇到不會的生詞單字，他隨意捏造新讀音，怪聲怪調歪歪斜斜地讀。沒學過與掉落的字每日增加，弟弟晚上的朗讀也逐漸失去了華語的聲音，整段變成無以名狀的吟哦。

夜裡我躲在房間和女友電話，弟弟大聲的吟誦穿透薄薄的牆壁傳來。女友說，你們那邊下雨了嗎？我說，是回教堂在誦經。

我將每晚持續不斷的噪音，視為弟弟和母親聯手對我施予的挑釁。一晚我終於忍不住，衝到母親房間裡逼問她，弟弟這些毫無意義的抄寫和唸經，究竟有什麼意義？學了那麼久，他現在出去外面不是一樣不會講話，每個句子都歪七扭八嗎？

我病中的母親躺在床上，她的身體孱弱，眼裡卻還有尖銳的火光。

「不要以為我不知道，」她刻意緩慢地用華語說，「你放學都跟弟弟一前一後地走，怎樣？現在你弟弟讓你很丟臉嗎？」

我全身燃起火熱的愧怒。當時我已經在讀高中，長成一半成人的姿態，有著先前未有的力氣和暴烈的衝動。我意識到只要我願意，病床上的母親就會永遠停止說話。

然而我無法動彈，我只能怒視母親，看她對我的挑釁。

你會老去，我在心裡說。然後我要丟下你，我這樣告訴自己。

日後我加數十倍的努力念書，考試，參加社團活動，比賽。我要拿獎學金到新加坡，到英國，到澳洲去讀大學，那是我們小鎮人最大的夢想，賺很多的錢，然後留在那邊再也不回來。

母親洞悉我的意圖，當她看見我在弟弟的吟誦下每晚熬夜讀書，她更加恐懼。她用我聽得見的低語，刻意對弟弟說：「只要一有機會，你哥哥就會遠遠地逃離這個地方。只有弟弟你肯陪媽媽。」

現在我回來了。

現在我不容許這樣的狀況再繼續下去。

〼〼〼

早上醒來，費了一些時間想起自己在哪裡。

客廳裡有電視的聲音，我走出去，發現安哥已經在我們家裡了。

「阿國，來吃麵。」安哥招呼。

地板上鋪著幾張舊報紙，幾包裝著乾撈麵和熱湯的塑料袋，沉甸甸壓在上面。我們家鄉攤販打包食物時習慣用塑料袋裝，再用塑料繩死死紮住開口，這樣即便倒過來放著也不會漏。有些技巧熟練的，在綁塑料袋的時候會巧妙一甩，讓袋子鼓脹地裝滿空氣，展示肥滿的樣子。

我弟弟也在，他們圍著報紙席地坐著，一隻手捧著乾撈麵的袋子，一手用筷子從袋子裡撈出麵條。母親還在的時候，這就是他們每天早上的生活嗎？

我坐下加入他們，解開綁著袋子的塑料繩子，吸入第一口麵。我們安靜專注地吃著從塑料袋裡面撈出的麵，咀嚼的時候，像對電視上的兒童節目深感興趣一般，我們目不轉睛地盯著電視看。

安哥問我之後有什麼打算。

「還不知道，先收拾好老媽子的東西再想。」

「你工作怎麼辦？」

「已經跟公司說好請長假了，留多久都沒關係，等封城完要回去也隨時可以回去。」

「這次回去就不打算回來了？」

「我還不知道，安哥，我還在打算。」

「其實阿國你這樣的人才，留在馬來亞也是有作為的，吉隆坡、新加坡也大把公司要你，去那麼遠做麼呢？」安哥身體傾向我，瞪圓著眼睛：「你怪我多嘴我還是要講了，你媽媽離開之前說過，她是希望阿宏可以留在這裡。阿宏不像你那麼厲害，去那麼遠，他哪裡會慣？」

「阿宏已經不小了，他可以自己照顧自己，之前只是老媽子太寵他才什麼都要人幫。」我刻意迴避安哥的眼神：「如果真的要回去，我當然會請人照顧他，他是我弟弟，我會幫他打算的。」

「如果你真的要回去……」安哥猶豫了一陣，然後他吞吞吐吐地說：「雖然我是外人，但我一直都是把阿宏當兒子看的……我是講說，如果你一定要回去的話，阿宏留在這裡我也是，我答應你母親……」

「我們之後再說吧。安哥，這些日子很謝謝你，但是我剛回來，你讓我好好想想。」

安哥未說完的話卡在喉頭，他張口沒有發出聲音，然後就不再說話了。

我們再次把注意力放在電視上，電視上的卡通博士正在介紹蚱蜢：你知道嗎，蚱蜢並不是用喉嚨發出聲音的，他們用身體摩擦自己的翅膀，發出響亮的……。

弟弟眼睛全程都沒有離開過電視，他吃完麵，很自然地把沾著黑色醬汁的筷子塞到空塑料袋裡面，捲起來，交給安哥。

安哥接了過去：「哇，今天阿宏那麼會吃，是因為哥哥回來很開心嗎？」也不等弟弟的回應，他站起來把東西拿到後面的廚房去洗。

客廳裡只剩下我和弟弟，我大大地鬆了口氣。

我心裡知道這樣對安哥並不公平，對我母親和弟弟而言，安哥或許比我這個消失多年的哥哥更加親近，就像我父親一樣，我對整個家沒有付出過應有的關心。

多年來這座房子對我造成的陰影持續追逐我，我費盡力氣地刻意地遺忘這個腐爛敗落的家，遺忘母親，還有我弟弟。那我現在究竟憑什麼忽然回來，決定這個家未來的樣貌？

或許，比起漠不關心的父親，我更沒有回來的資格。

如果可以，我真的不想要承擔那麼重的責任。

我看著我弟弟出神，忽然意識到自己已經很久沒有這樣長時間的，近距離地看住我弟弟的臉。那時我才留意到，儘管弟弟臉上主要的特徵早已被凝固定型，但他也不復當年的樣貌，魚尾紋從他眼睛的後面拉出來，皮膚鬆弛，當陽光從百葉窗外照進，他頸部的皺紋嵌入一條一條深深的影子。

我幾乎忘了弟弟也會老。因為弟弟停留在童年的心智，我竟以為弟弟會一直停留在童年的樣子，忘記時間也會毫不留情地爬上他的身體，正如爬上我的身體一樣。

但顯然有什麼不太一樣，或許時間以不同的方式穿過我弟弟。此時正在全神看著電視上的卡通的我弟弟的大腦，到底在想什麼呢？究竟有多少發生過的事情，可以穿透瀰漫在他意識之上的層層迷霧，逐漸沉澱在他記憶的底層？還是說，什麼也沒有，這幾十年的時間對弟弟而言只是混沌的夢境？

他是怎麼記得我的？

母親過世的時候，弟弟是怎麼想的？

如果可以選擇，弟弟會選擇留下嗎？還是跟我離開？

太多永遠無法解釋的問題。

因為弟弟不會說話，回答這些問題的責任，最終都必須落在我身上。過去有母親為弟弟負責，但現在母親不在了，我再也無法逃避終究要面對的事。這次回來，我嚴肅地答應自己，我會一勞永逸地，與這些長久纏繞我們的幽魂決鬥。

現在，我只是需要更多時間，思考應該要怎麼做。

要是不用我做這樣的決定就好了。

「國。」我弟弟忽然叫了我一聲，我回過神來，弟弟望著我，眼神裡面似乎有些焦灼的神色，弟弟大概是能感受到我波動的情緒，他張口想要對我說什麼，但嗚嗚啊啊半天，也只能發出意義不明的聲音。

然後他遞給我一張白紙。

「給我的嗎？」接過來瞄了一眼，白紙上面什麼也沒有，可是我仍舊擠出和善的微笑，把紙折疊起來，收入睡褲口袋裡。

我對弟弟說：「謝謝你阿宏，這樣就很好了。」

即便幫不上忙，光是這樣示好的舉動就夠了，我再次從家鄉裡感受到被接納的溫暖。那時我想，無論如何，我會為弟弟找到最好的地方。

當然，那時我還沒發現打字機，對於弟弟也一無所知。

〼〼〼

收拾母親的遺物遠比想像中困難。

母親自己的東西並不多，她到晚年依舊維持接近於吝嗇的節儉習慣。但因為母親和弟弟同房，弟弟又有著嚴重的囤積癖，房間裡堆積着大量的雜物。

吃完早餐，我拜託安哥把弟弟帶出門，自己到超市去買了特大號的垃圾袋、手套、抹布、清潔劑和口罩，全副武裝地與滿房垃圾奮戰。

頭號目標是裝過食物飲料的寶特瓶、鐵鋁罐、糖果紙、零食包裝……我抓起眼前看到的目標，隨手塞到垃圾袋裡面，沒兩下就裝滿了一整袋。

裝滿的垃圾袋拿到房間門外放著，甩開新的垃圾袋，重複相同的工作。收拾的工程比我想像的累，而且口罩不好呼吸，我邊收拾邊喘，滿頭是汗水，但是看著地板慢慢浮現，我高興自己終於能夠直面處理這樣的難題。

大概一個小時過後，總算把可能發出臭味的東西都清理完畢。我回頭心滿意足地檢視自己努力的成果，房間地板上的雜物已經全部清空，這個家的空氣已經很久沒那麼通暢了。

我彷彿能聽見母親不滿的抱怨。我凝神，告訴不存在的母親她已經不再有力量，我們的家和小鎮，將慢慢導回該有的樣子。

我對母親的幽魂說：「現在你已經不在了，所以請你安靜。」

下個目標是放在鐵架子上的舊書報，那些書報全都已經泛黃，靠近的時會聞到刺鼻黴味，那裡面什麼都有，從報紙雜誌到廣告宣傳單，即便看不懂文字，從外表就可以猜出都是有點年代的東西。我猜搞不好還有些史料價值，拿出去賣的話，可能還可以賺到一點小錢。

但我毫不留情地全部掃入垃圾袋裡面。

書歪七扭八地落下，被彼此的重量互相壓折。封面和書頁變形、折拗成不同樣的形狀；或是直接撕裂散開，化為碎片和粉末。

這樣的清理帶有種殘忍的痛快。

迅速清理完架子外的書，我在架子深處發現好幾個沉重紙箱。我拉出來一看，裡面裝滿各樣筆記本、稿紙、撕下的日曆紙和大小不一的香菸盒碎片。那些紙上所有能書寫的地方都寫滿了字，全部都是工工整整的中文。我無法閱讀懂那些字，可是我認得我弟弟的筆跡。

我聽見母親對我說：「你要知道，阿國，你是欠你弟弟的。」

打掃常見問題，幽魂在舊物裡面回返。

「你給我收聲，我沒有欠你們任何東西。」我說。

然後我把手上的筆記本塞進垃圾袋裡面。再從箱子裡面拿出另一本，然後是下一本，再下一本，我把整個箱子的東西統統挖出來，翻也不翻就塞進垃圾袋的深處。陳舊的灰塵從紙張上揚起，穿透口罩進入鼻腔，我忍不住開始打噴嚏，鼻水和眼淚直流。

袋子滿得快要破掉，書頁的稜角從袋子內向四面突出，像是裝滿了榴槤。

我吃力地拖動塑料袋，把大袋的垃圾丟到院子外面的草地，等待垃圾車來回收。再次回到房間裡的時候我疲累不堪，但這時房間已經顯得非常空曠，只剩下床頭櫃上放著幾個不知名的垃圾。只要把這些也丟掉，我激勵自己：母親和弟弟的房間從此就乾淨了。

這時我才發現床頭櫃上的東西讓人感到困惑。

那東西渾身長滿鐵鏽，體積大約有保險箱大小，上面架出一個方形支架，還配有一組像鍵盤的按鈕。乍看之下是舊式打字機的樣子，但奇怪的是，按鍵上面印著的不是英文字母，而是難以分辨的，像中文又不是中文的符號。

這到底是什麼東西？

我撫摸鍵盤上的浮凸的文字，努力想要理解它的作用。

然後我隨意按下一個按鍵。

啪嗒。

我不知道應該如何形容那樣的感受。

首先是意識被深深地劈出一道深淵，有溫暖堅硬的什麼進到裡面，飽飽地填補所有意識的縫隙，我感知到從未感知過的事物，一開始還不知道什麼被改變了，因為一切似乎都完全一樣，只是迷迷糊糊地感受到相同的事物裡出現了微妙的差異。

然後我意識到，是我自己的聲音不一樣了。我的意思是，在大腦裡面不斷描述外面的事物，不停說話的那個聲音忽然用了另一種語言在說話。腦海中每個思緒的聲音都開始說起華語，上一秒還是混沌複雜的語言，下一秒馬上變得如此簡單明亮，彷彿強硬地被設定成為母語。

我陌生的聲音告訴我：打字。

手指無法停止地在打字機上跳動，以複雜的手法按下我原先不知道意涵的符號，並且精確的挑選出我每個想要說的詞彙。打字機上面沒有紙，因此我打出的字並未顯現在任何地方，但我清楚地記得每個打出來的文字和句子，並驚訝地得知我從前並不知道的事。

義大利空氣的味道，嘈雜的教會音樂，女兒死亡的切心痛苦，從咖啡廳裡聽來的好笑故事……那些感受都陌生又熟悉，硬要形容的話，我像在閱讀我並沒有打出的字，就像重讀一本很久沒有讀過的巨大小說，裡面每個情節轉折、每一句對白甚至每一個字都似曾相識又極為陌生。

我被那些海量的、毫無意義的資訊所震懾，我感到恐懼，擔憂自己會永無止盡地在這個深不見底的洞中墜落。「我在哪裡？」我抵抗不斷向我意識飛來的文字，勉強在虛空中打出我的疑問。

我的手指加速跳動，然後我在裡面讀到我自己。

☐☐☐

那天風大，我跟我弟弟，放學後一前一後地走向校門。

風胡亂撥弄的頭髮和衣服，我低著頭，吃力地抵抗劈頭強風，沒意識到弟弟並沒有跟上。這樣一直走了很遠很遠，我走到校園外的摩托車旁邊，才發現我弟弟不見了。那時我就有著不祥的預感。

我沿路回去找我的弟弟。穿過校門，經過各樣不同的校舍，空無一人的食堂，辦公室大樓工地，運動場。

我最後是在山坡上的升旗台找到了我弟弟。

升旗台前有堆積如山的舊書報，那對我弟弟而言是無法抵抗的寶庫，大概是我們經過這裡的時候，他被吸引住，掉隊去翻找那些報紙裡有中文字的東西。

之所以會有那麼多的舊書報，是因為有段時間我們學校流行辦環保大賽。學校為了鼓勵環保，動員每個學生把家裡的舊報紙搬到學校來做回收，比賽哪個班能回收重量最多的紙。我們非常認真地看待這個比賽，環保自然不是重點，每月公布的排行榜才是。校方顯然低估了我們對這場比賽的重視，那幾個月裡我們用盡各種辦法收羅紙類，每日清空小鎮的書報攤，四處收刮店家不要的紙皮箱子，幾乎把整個小鎮的紙都集中到我們學校裡來。

發瘋一樣搶奪紙張（並且很快就有人發現，稱重的時候在中間的紙上灑水就能白白獲得不少重量），有的班一個月就可以收集到數千公斤，以至於教室裡沒有可以擺放的空間。滿溢出來的舊書報暫時被堆放在升旗台上，等待學校清點。

升旗台上很快就堆起山一樣高的，好幾噸的舊報紙。競賽中落後的班級有時會派人去偷隔壁班的報紙，為了抵抗這樣的侵略，每個班也派出幾個比較暴力百厭的學生輪流巡邏。

因此當我發現我弟弟的時候，他正被我們班上幾個巡邏的馬來同學抓住。我的馬來同學們嬉笑著，要把我弟弟塞進一個綠色的大環保垃圾桶裡。因為我弟弟身形十分瘦小，要把他塞進垃圾桶裡面其實並不困難，但他們像是在玩弄獵物一般，大笑著，一下一下地按壓垃圾桶蓋子。

啪。垃圾桶蓋打開，弟弟滿臉是鼻水和眼淚。

啪。垃圾桶蓋闔上。

啪。垃圾桶蓋打開，弟弟整張臉揪成一團，大聲掙扎哭喊。

啪。垃圾桶蓋闔上，

啪。垃圾桶蓋打開，我弟弟看見了我。

我弟弟大喊：「國！」

幾個圍著他的人被弟弟忽然發出的喊叫嚇了一跳，他們擔心弟弟的哭喊會引來旁人，一鼓作氣地把我弟弟關進垃圾桶裡，不讓他的聲音傳出去。他們笑嘻嘻地問我：「班長怎麼還沒走？」

另一個人說：「沒事的班長，我們只是跟他玩玩，你不會去打小報告吧？」

不會，我乾澀地說。

我看著垃圾桶裡的我弟弟。我弟弟敲打著垃圾桶，發出悶悶的吶喊聲：「國！國！國！」

大概是從發音猜出和我的馬來名字有關，「你認識他？」他們問我。

我緩慢地搖頭，我說：「還是不要玩太過火了。」

然後我轉身逃離。

遠遠地看見垃圾桶從山上滾下，沿路碾過草地，無聲無息地停下。等他們離開，我從垃圾桶裡面把弟弟撿回來。

我說：「今天的事情你不可以講出去。」

我弟弟蜷曲著身子，在垃圾堆裡面一動也不動，只是哭。

我說：「你有沒有聽到？」

弟弟靜默不語。

什麼回應都沒辦法得到，所有的話都像石頭落在海水裡一樣。我惱怒地抓我弟弟，用力地搖他，試圖要從裡面搖出一些回應來：「平時不是很吵，現在我問你有沒有聽到？不會講嗎？」

我把弟弟的下巴抓住，那種觸感極為怪異，柔軟。

然後我狠狠地刮我弟弟耳光。

啪。

〼〼〼

或許我真的欠了我弟弟些什麼。

先生，我受過高等教育，當然知道母親的話沒有任何道理，但有時在一些沒有辦法翻過去的關卡，當我想起我弟弟，我無法克制地想，是我，是我無意識地在母親的子宮裡搶奪了應屬我弟弟的養分，或許那條多餘的、即將引發諸多災難的染色體，原先應該落在我的身上。

分得染色體的弟弟，他和母親預先透支了我的災難。而我因著機率的緣故，我懷抱著毫無理由的幸運一路走到今日，沿途橫征暴斂，不斷形成新的傷害與殺戮。先生，我知道往者已矣，過去所有的暴力如今我已經無法追回。現在母親已經不在，弟弟無法說出心中所想，我永遠不可能獲得原諒。

先生，如果可以，我願意把這些全部給你，換取我弟弟留在你身上的，他內心的意念。

⧄⧄⧄

先生說過，所有的問題都是語言的問題。

按照先生所承諾的條件，我將最私密不堪的記憶與經驗交給他，他就會借我母親的語言，以此為我個人的困境指引出路。如今寫到這裡，我已經將自身全盤向打字機敞開，然而還是沒有答案，先生也沒有對我展示弟弟的意念。

我忽然意識到，我憑什麼認為先生能提供所有問題的答案？我們都知道先生是言語修辭的專家，弟弟既然無法言語，我的記憶也不可靠，我所寫出並讀到的一切，都可能是出於先生和打字機所杜撰的故事。故事就是故事，文字就是文字，相信兩者與救贖的相連，和母親的迷信相差無幾。

先生憑什麼認為，現實的虧欠可以從這裡輕巧化解？

我又憑什麼信任先生？

這些文字都在虛空中打出，如果你能讀到我寫下的文字，那你必然是我的同夥，或許你和先生有相似的契約。作為同伴我善意地提醒你，先生的計畫是一定失敗的，完美的打字機永遠不可能成功。即便能收集到夠多的不同的意念，那些以傷害為動力而展開旅途的亡靈，大多只會叨叨絮絮地重述自身的困境，永遠無法抵達自己以外的地方。抑或是完全相反，誤信先生為我們所杜撰的故事，被打字機所吞噬，迷失在只有他人而沒有自己的地方。

然而我也沒有比信任先生更好的辦法。當我消耗所有的自身經歷，打字機吸食我，我經歷生產的強烈陣痛，暫時從痛覺裡產生快感的幻覺，於此得到暫時的諒解與寬慰。因此我也只能姑且一試。

或許有一天我會開始感到厭煩，到那時候，如果我還沒得到我應得的回報，我會把機器拆毀，作為同等的報復。

這是我和先生之間的決鬥。

你是我的證人，以及同夥，請務必在我的身上學到教訓。

□□□

我為自己淺薄的見識，以及武斷的結論道歉。

先生提醒我，還有一種可能的狀況下你會讀到我的文字：在你那裡，完美的打字機已經成功，你毫無阻礙地讀到了我所留下的所有意念。在那個機率極為渺小的狀況下，我們不需要沉溺於自身，也不需要成為他人，我們在彼此之外的領域中相遇。

那是隱喻的領地。在那裡所有的界限都模糊難辨，我和弟弟和母親無法在那裡分辨出彼此，子宮中的受精卵尚未分裂，連多餘的染色體都未帶有詛咒。一切都是好的。

我要如何抵達那樣的地方呢？

我把手從打字機上抽起，伸到褲子的口袋裡。我在口袋裡面摸到一個小小的，尖銳的硬塊，那是弟弟今天早上給我的白紙，現在它因為我的汗水而微微濡溼，遍布不規則的摺痕，但白紙仍是白紙。

我將白紙在燈光下攤開，仔細審視，忽然發現紙上印有淺淺的紋路。紋路由無數個方形圖騰組成，勉強看得出有漢字的筆畫，能辨識出幾個零星的字，但因為那些文字層層疊疊地壓在彼此身上，完全不可能讀出裡面的內容。

這是弟弟想告訴我的話嗎？

只有一個辦法可以知道。

我把白紙攤平，捲入打字機的輪軸中，開始按下第一個鍵，第二個鍵，然後我把眼睛湊向魔眼。

在先生的魔眼裡，我看見綠色充裕的草地，那是我們老家後面的社區草場，因為很久沒有人打理，野草長得很長。日光朦朦，風大，在風下我母親看著童年的我和我的弟弟，我們在草場裡面。

草和我們幼年的胸部齊高，我們邊走邊舉起手掌打擊草頭。啪、啪、啪。當我們的手掌拍擊被風壓彎的草身，總是會驚起一叢一叢的草蜢。

啪、啪、啪。

叢叢草蜢從草叢深處躍起，在空中劃出小小的弧形，落下，又消失在草浪之中。

我和我弟弟沉迷這樣的遊戲。我們可以這樣一整個下午向前跑，盡力伸展雙臂如鳥，並且有規律地擺動雙翅膀，以用最大的面積拍打出草蜢。啪、啪、啪。

啪、啪、啪。一波草蜢落下後又掠起另一波草蜢。草尖有時在我們手臂上劃出血痕，但我們認為這更增添了遊戲的趣味，我們毫無理由地嘶吼大叫，發出如同戰場受傷士兵的嚎叫，悲壯艱難地，向草叢深處挺進。

有時我們會在行軍的途中，嘗試抓住躍起在半空中的草蜢。這樣的遊戲很吃功夫，一個太用力會把草蜢抓死，太小力又會被它從指間掙扎脫走。我弟弟從未在這個遊戲上面有過成功的記錄，不是抓到空氣，便是抓死草蜢，然而那時我只覺得他笨，並沒有多想什麼，我嘲笑他蠢，笑他死傻仔，而我弟弟他也笑。

有時我會成功抓住一兩隻，有時候分給他一隻，有時候不分。抓到的草蜢，我們把筆芯筆的筆芯盒清空，把草蜢放進裡面，塞幾根草去養。筆芯盒裡的空間很小，連幼年的我們的手指都放不下，所以如果抓到稍微大一些的草蜢，他們在進去之後就無法迴旋，只能以固定的姿勢，一動也不動地被固定在筆芯盒裡。

在草場中的草蜢叫得凶猛，但進入筆芯盒以後，它們便沉靜不響。有時因為這樣的沉默，我們忘了它的存在，我們把筆芯盒放在褲子的口袋裡、丟在寫功課的桌子上、掉落在校車的坐墊夾縫中。幾天以後偶然想起它，找出來一看，筆芯盒裡滿是黃灰色的大便，被捕獲的草蜢淹沒在自己的大便裡面，無聲無息地窒息而死。

現在想起來確實殘忍，草蜢死去的過程一定非常緩慢痛苦，但在這樣漫長的過程中，我從來沒有聽見過筆芯盒裡的草蜢發出任何一點聲音。

那個大風的午後，草場中的草蜢依舊叫得凶猛，日光朦朦，我母親在草場邊緣遠遠地看著我們，我跟我的弟弟，一邊像小鳥一般展開雙臂拍打草頭，驚起草蜢如飛魚，一邊伸手去抓。

但那並不是適宜獵捕草蜢的午後，草蜢躍起後被風吹歪，呈現詭異無規則的拋物線，難以捉摸出手的時機。我在失手十幾次之後，開始變得越來越不耐煩，越不耐煩就越抓不住，那天弟弟不尋常地抓得很準，然而每一次都太過大力，以致於出手就抓死一隻。

「咦噁。」我弟弟每次抓死一隻，他就發出這樣惋惜又嫌惡的聲音。他攤開手給我看破腸裂肚的草蜢，黏稠糜爛的黃白色的體液，黏滿弟弟的手心。

「丟掉，很胃。」我對我弟弟說。

弟弟甩手丟掉死草蜢，我們繼續拍打草頭前進，草蜢跳躍，然後他伸手，又抓死一隻。

「咦噁。」我弟弟說。

我覺得噁心，也認為這是弟弟施加於我的挑釁。我故意加快腳步甩開我弟弟，往更深處挺進，我聽見我弟弟在後面打擊草頭並抓住草蜢的聲音。

「咦噁。」「咦噁。」「咦噁。」

聲音越來越遠，我忽然有不祥的預感，那瞬間我弟弟忽然喊出我的名字：

「國！」

我回頭，看見弟弟眼光指向的地方，我看見一隻白犬全身著火向我們衝來，大熱天，他的尾巴上的火苗點燃旁邊的野草尖，風勢催促火苗，草地沿著它進入的軌跡冒煙散開。白犬發出淒厲的悲鳴，「跑！」我跟我弟弟講，然後頭也不回，拔起雙腿往草地更深處奔跑，弟弟遠遠地落在我的後頭，我驚恐地叫，第一次感覺到肺裡面的空氣抽乾。

弟弟遠遠地落在我的後頭，那時候我聽見狗的吠叫，咆哮，然後我聽見我後面的弟弟在放聲大笑，好似這是我們的遊戲。

然而，我不知道祖父在等待的答案在哪裡，不知道延續故事的正確方式。

「那個馬來人說：很久很久以前……」

「我知道，然後呢？」

「不對，不對，你要說『下面呢？』」

「下面……下面呢？」

「下面沒有了！」

你也不能怪我，故事不都是這樣的嗎？

故事總要開始

該從哪裡說起呢？

這樣說好了，首先你要知道，我祖父是偉人。

我祖父是偉人，這點是毋庸置疑的。當偉人是每個人的夢想，想當偉人很難，可是要當偉人的孫子，那更是三生也修不來的難。這是我大婆婆和阿爸從小就一再告訴我的。可是你也不用太羨慕，上天要給一個人好處，少不了多捎帶些麻煩，所謂天降大任於人，必先給點麻煩嘛。當偉人的孫子也是這樣，經常有些凡人遇不到的麻煩。

譬如說我家裡人都告訴我，除了小叔叔之外，我是祖父最疼的小孩，我對祖父的疼愛卻印象不深。大婆婆有時要我陪她逛夜市，她會指著賣芋頭糕的攤子問我，以前你阿公每天買這個給你吃，你記得嗎？我漠然搖頭。然後我大婆婆就急了，怎麼會不記得，她說。你不是最喜歡吃這個嗎，他連我的都不買，只記得買你的，怎麼不記得。

大婆婆嘮嘮叨叨地皺起眉頭。我看著攤子上印著的芋頭糕照片，努力回想芋頭的滋味。

這種事經常發生。

又像我上中學那天，全家都來觀禮。典禮結束，校長鄭重地拉著我和小叔叔，帶我們看禮堂的匾額。新蓋好的禮堂氣色鮮白，匾額烏黑暗沉地壓在白牆上，上面寫著「聲教南暨」四個飛橫大字，張牙舞爪地俯視我們。

林立邦，上面題的是誰的名字呀？校長親切地問我。

我看不懂書法字，瞇著眼半天說不出話來。校長笑了，他轉而指向印在牆邊的一串數字。林立邦，那這是什麼日子啊？我遲疑不決，望向小叔叔求助，小叔叔一副事不關己的樣子，一句話也不說。倒是我阿爸又急了，笨！我阿爸說，是你和小叔叔的生日啊，上面字是阿公寫的啊，禮堂是阿公捐的啊。阿公以前不是帶你來過很多次了？怎麼會不記得？

我漠然搖頭，眼角卻瞥見小叔叔緩緩點頭。哦，他說，我知道啊，阿爸以前帶我來過。

我阿爸急切地看我。

我也記得了，我說。

身為林老師的孫子，身邊的人不斷告訴我該記得的事。好在日子久了，我也記得了，譬如說我祖父是偉人，這點是毋庸置疑的。

當然，我也不是白當偉人孫子的。偉人的故事版本眾多，但有些事蹟只有最貼近的人才知道。我把這些事珍藏在記憶的深林裡，從來沒有人對我提起過，我也不曾對其他人說起。

我記得常有奇怪的客人來找祖父。和平時那些走大門進來的安哥不同，他們瘦巴巴乾錚錚，渾身散發灰溜溜的酸味。我看見祖父打開滿是苔蘚的側門，把一隻隻老鼠般的男人引入書房，一關起門來就是大半天，連飯也不出來吃。

客人大多在深夜時離開，我小叔叔一次半夜起床尿尿碰見，說他們走時帶了好大一袋東西，祖父帶著他們，從側門閃閃縮縮地走進後山去。白天，我和小叔叔打開側門，看見門檻的綠苔上多了幾道新鮮刮痕。側門到後山本來是沒有路的，只蔓生著雜草和無用的灌木，後來走的人多了，便有了一道蜿蜒斜上的，白色的小路。

不過，後山小路雖然是真的存在，但除了小叔叔之外，從來沒人看過有人在上面走。小叔叔有一陣子以獨享祖父的祕密為傲，什麼深夜鬼祟離開的客人，搞不好也是他作出來炫耀的。

不如你就把它忘了吧，我用另一件跟你交換。

我還有另一件和祖父有關的事，這次真的只有我一個人記得。這件事我塵封在祖父的書架裡，從來不曾對其他人說起。

大概還在小學。那天我發高燒沒跟小叔叔出去玩。我記得下午祖父買了炸香蕉回來，見小叔叔不在，就把我叫進書房。

趁熱吃，阿公說。

書房裡灰塵漫漫，那天我渾身滾燙，掌中香蕉油浸透報紙。我貪婪張望，看見書架和地板上堆滿的書本和舊報紙。我咀嚼金黃麵皮，滿口鹹膩衝得頭腦昏沉。其時我初識文字，大表姐有時會唸報紙上的笑話給我聽，我因此以為報紙上寫的都是笑話。我纏著阿公，要求他唸一段笑話。

我阿公笑了。我阿公開始說笑話。

他說，從前有個太監很愛聽笑話，就每天纏著宰相，要宰相講笑話給他聽。宰相煩死了，就對太監說，好啊我給你講個笑話，你聽好了。很久很久以前……

我阿公停頓下來不說話，他盯著我看，眼角帶著笑意。

我停下牙齒，瞳孔波動猶疑。

「什麼是宰相？」

「宰相……就是首相的意思。」

「什麼叫首相？」

「就是……電視上說話的馬來人。」

「所以宰相是馬來人？」

「算吧，」祖父開始不耐煩了「反正首相說：從前從前……」

他又停了下來。

我仍記得幼年的我那分焦躁，我知道這是我獨享的時刻，獨享的炸香蕉，獨享的祖父，獨享的期待，獨享的滿室粉塵。然而我不知道祖父等待的答案在哪裡，不知道延續故事的正確方式。

我利用吞嚥的時間思考良久，於是問：「那宰……那個馬來人說什麼？」

祖父遲疑了一下，他清了清嗓子：「那個馬來人說：很久很久以前……」

「我知道，然後呢？」

「不對，不對，你要說『下面呢？』」

「下面……下面呢？」

「下面沒有了！」我阿公忽的哈哈大笑，他摩挲我的頭頂，拍打我的背，推搡我尚未成熟的雞雞。「小太監，小太監！」他一面叫，一面自己笑得喘不過氣來。那是我第一次看到祖父大笑，我驚慌地看見他滿臉的皺紋綻開。我漠然無措，我只能跟著一起大笑。

我笑得撕心裂肺且尖叫跺腳，「小太監！小太監！」我喊我鬧，我笑得全身不由自主地顫抖，我笑得倒在阿公身上。炸香蕉壓得綿爛，油汪汪的氣息揉和書黴，小室裡陽光如粉塵倒灌。我們笑了很久很久，到嗓子快笑啞了後，我為炫耀聰明而追問：「那太監是什麼？」

祖父的笑聲嘎然而止。

他注視著我半晌，臉色逐漸陰沉。

他讓我把香蕉拿出去吃，不要弄髒地板上的報紙。

然後祖父喊大婆婆帶小叔叔回家，說慈母多敗兒，別讓小孩都玩野了心。

這件事我從來沒對別人提前過。不過說來慚愧，雖然是祖父的長孫，但我從小腦子就不太靈光，很多事都記不太清楚，或許這也是我記錯了。我腦子不靈光是大家都知道的，我們也不用避諱，過去的事情記錯是人之常情嘛，反正日子總會過下去的。

像你問我祖父到底是怎麼變成偉人的？其實我到現在都記不清楚。小時候我問過老師，為什麼我的祖父是偉人。老師說，立邦你回去問婆婆。我回去問大婆婆，大婆婆說，寫字的事她不知道，讓我別煩她。我問阿媽，阿媽說你們林家的事不要問我這個外人。

只有我爸肯露一些口風。當時他在廚房裡日夜研究食譜。汗水淫淫，他撈起一塊肥豬肉，說祖父當年是殺日本仔的英雄。

「下面呢？」

「什麼下面？」

「我的意思是，然後呢？」

「沒有然後，然後就沒有了。」

「怎麼會什麼都沒有，殺完日本仔一定會發生什麼事的啊。」

「誰讓你多事的？」

我阿爸的目光在豬湯滾起的水氣間閃爍，我知道他有不願意告訴我的事，所以我識相地沒有記起來。當時祖父已經過世，他的幽魂在小鎮上迴盪，沒人想要記得幽魂的故事，這也不能怪我。

或許小叔叔會知道一些。

祖父子嗣繁多，和我同輩的就有十幾個，但沒有一個比得上小叔叔。小叔叔是我們同齡的孩子間最厲害的，這點也是毋庸置疑。我和小叔同年同日出生，兩個人住在同一屋簷下，祖父事事要求平等，因此家裡不管買什麼總是兩個人平分。我和小叔叔如同孿生兄弟，兩人從小到大用的東西幾乎一模一樣，大婆婆幫小叔叔買衣服會多給我一件，我阿爸到雜貨店買枝筆給我，也會順道幫小叔叔買塊橡皮擦。

饒是如此，小叔叔的本事就是比我高一截。

以前我們跟著祖父學認字，祖父用工整的楷體把字寫下，一個一個教我們讀。當時我還在吃力地牙牙學語，我小叔叔過目不忘，未上學前已經把小學課本的生詞都記起來完了。上學之後差距更加明顯，我每學期在及格邊緣掙扎，小叔叔卻從來沒有考過第一名以外的名次。考試前夕我苦苦計算數學題，小叔叔在祖父書房裡跟著祖父背唐詩、聽祖父讀偉人傳記。

小叔叔也不是只會唸書的呆子，他玩起來比誰都厲害。以前小學放學後，小叔叔常跟我們在金山溝裡玩。金山溝滿坑滿地的廢礦湖，是當年英國人採礦離開後留下的。小時候大人一再警告，無論如何都不能踩入湖中，因為人造的湖床會在看不見的地方陡然下陷數十尺，下面滿是鈎人的水草和亡靈。

你要知道，一旦被那些毫無目的蔓生糾葛的枝節纏繞住腳步，就再也無法前進。無法前進，就什麼都結束了。

當然還是有取樂的方法。應該說，只要我們足夠謹慎，越危險的地方越能帶來驚異的樂趣。

當時我們林家大大小小數十個小孩，有男有女分作兩隊，用橡皮筋、果實和不要的作業本，土製槍枝彈丸，在廢礦湖間跳躍廝殺。小叔叔驍勇善戰且槍法極準，早熟的手臂鼓起緊繃肌肉，殺起人來灰飛煙滅，連年紀最大的表哥都不是對手。作戰時我總是緊跟在小叔叔身旁，這是所有玩伴都知道的，只要跟緊小叔叔就不會有打輸的戰役。

即使有時不慎被敵人包圍，十幾發子彈打在我們身上，我們背靠礦湖走投無路，鞋子已經被湖水完全泡溼。我早已哭得抱頭求饒，但小叔叔仍保有長輩的尊嚴：「我屌你老母的臭尻」我小叔叔說。然後他瞇著眼睛盲目回擊，槍槍精準地打在敵人陰囊和尚未發育完全的乳頭上，沒幾下就就把走狗們打得落荒而逃。「仲哭喊咩撚喊，快追鳩上去，半條狗嘫都不要留」，小叔叔一聲號令，我和同袍們便哽咽著爬起身，抹抹鼻涕往前追擊。

敵方也不愧為我祖父的後裔，他們大喊「撲街冚家鏟！」，在撤退間撿起碎石補充彈藥，發發瞄準頭部打來。

我們回擊：「不隊冧你們我不姓林！」

戰火猛烈，我們從礦湖邊的游擊戰打成迷宮小道間的巷戰，午後陣雨前轟轟雷鳴降下，祖父的後裔們在鎮上相互殺戮。

不下雨的時候，我們蹲在礦湖邊吃小叔叔買來的冰棒。家鄉裡沒有所謂夏天，日頭焰焰，燒得蝴蝶都在地上匍匐爬行，它們豎起的白色蝶翼，在黃泥地上晶晶發亮。小叔叔喜歡用蝴蝶訓練槍法，他遠遠的瞄準，然後手指一鬆，啪地把蝶翼打成粉末。男孩子們看了躍躍欲試，紛紛舉起槍枝亂射一通。泥地上灰塵飛揚，滿是彈孔和鱗片殘骸。

我堂姐們惜物，最討厭我們這樣糟蹋生靈。她們抓到蝴蝶後輕輕撕下蝶翼，把蝴蝶復歸於幼蟲，放生回黃泥地上，把蝶翼揉成鱗鱗碎粉，抹在臉上臂上充作化妝品。如此舉手投足間肌膚煥發微光，我堂姐們閃耀如礦湖中的仙女。日暮前我們用礦湖水洗去蝶痕泥印，帶著滿身瘀青回家。

打完一場戰下來，夜晚我渾身痠痛，作業寫沒幾個字就猛打瞌睡。但我小叔叔洗完冷水澡後馬上就恢復精力。他兩下寫完作業，還有時間背書給祖父聽。有時夜間有客，我祖父就叫他背幾句語錄和唐詩。祖父起個頭，我小叔叔張口就換了副唐山腔調，滔滔往下吟誦。

我祖父一臉得意，客人無不撫掌大贊：「不愧是林老的兒子！」他們摩挲他的頭頂，用力地拍他的肩膀，要小叔叔好好為國家做點事。小叔叔莊重地點頭。

在那些瞌睡連連的夜晚，我時時懷著羨慕看小叔叔背書，我想如果祖父有衣缽，小叔叔一定是最能繼承衣缽的人。當時每個人都堅信小叔叔會像祖父一樣成為偉人，林家的祖上積德，大婆婆老蚌生珠的羞愧沒有白費。祖父晚年最珍貴的精液成功化作他最驕傲的複本。

不像我，還有我阿爸。

我爸是祖父的長子，在小叔叔還沒出生前，我祖父對我爸寄以厚望。但我大婆婆說，我阿爸和我一個樣，小時候背書就背得七零八落，一看就不是讀書的料子。一般人發現自己不會讀書，摸摸鼻子念完小學，學會認字算數就好了，可我爸是偉人的兒子，絕對不能丟祖父的面子。因此我阿爸日夜蝸居家中苦讀，最後讀得身體孱弱背脊彎曲，成績還是不見起色。就這樣，阿爸在學校幾乎年年留級，到二十多歲才勉強讀完中學。

中學畢業後，阿爸原來想要隨便找個文員工作，混混日子就好。但當年我祖父仍未心死，他深信自己深藏於阿爸體內的優良基因將有一日復甦，為國為家做出點大事來。其時正值國家經濟飛騰，四處大興土木，我祖父思前想後，咬咬牙把房子抵押掉，把阿爸送入私立學院念土木工程。

年輕的阿爸第一次離家遠赴吉隆坡，離家那天，我祖父起了個大早，親自到巴剎去買來一包炸香蕉。祖父把炸香蕉塞在我阿爸的手裡，囑咐他往後要好好生性，天天向上。我阿爸手裡握著溫熱的香蕉，訥訥點頭稱是。

有時我想，當我年輕的阿爸在火車上轟轟出發，暗夜的路燈一格一格地閃入車廂內，吃得滿嘴油膩的他是否也意識到這是成為偉人最後的機會？

無論如何，在吉隆坡的日子，我阿爸越發用功。吉隆坡的天亮得早，宿舍樓下攤販們滾著輪子經過發出輕微的震動聲，我阿爸就已經爬起身來，吃兩片蘇打餅一杯美祿，開始一天的功課。阿爸昏天暗地地忙，除了吃飯以外不輕易出門，在吉隆坡那麼多年，他依舊衣著老土言語木篤，哪裡都沒有去過。

我大婆婆每月下去探望阿爸，每次都帶著大瓶雞精和豬腦湯。大婆婆說，喝完它吧，讀書那麼辛苦要補補腦。阿爸一語不發，他皺著眉頭，用意志力一口一口地灌下一整鍋的腥臊湯液。

我大婆婆意圖以物質的力量，戰勝阿爸堅韌的蠢鈍的大腦，那是場毫無勝算的戰役。倒下去的養分統統消失得無影無蹤，我阿爸身形逐日削瘦而科科掛彩，三十歲未到就滿頭白髮。最終是靠著教授同情和祖父請託，阿爸才在三十歲那年畢業。

畢業後，我祖父又忙著為阿爸張羅前路。家裡客人來往不斷，才剛送走工程公司的董事，後面媒人又送照片來看。折騰數月，我阿爸進了國營的建築公司，訂好一個月後娶我阿媽，一切終於安頓下來。我祖父終於大大鬆了一口氣。

即使走得磕磕絆絆，阿爸的日子還是得要往下過。

我手上還有當時婚禮的全家福，你看，照片上我祖父嘴角帶笑抬頭昂胸，襯衫袖子下露出半截粗壯手臂，眼神熟練地攝住鏡頭不放。在祖父身旁的阿爸卻氣血頹萎，我從來沒看過那麼樣衰的新郎哥，即使穿著寬大的襯衫，還是明顯看出他背部拱起而眼神渙散，髮際預告往後數代長子的中年禿頭。在粗糙顆粒的顯影下，我阿爸竟顯得比祖父還老。

從我祖父得意的神情來看，當天他必然以為自己在這場持久戰裡獲得了最終的勝利，鐵軌都已經鋪下去了，就算火車再怎麼橫衝直撞也走不歪的。不過你也知道，事情當然沒有那麼順利，故事必須以災難和不幸來延續。

下面的故事是這樣的，剛開工兩個月，新郎哥我阿爸在工地裡一時鬆懈，沒戴安全帽就穿過工地，好死不死被四樓掉下的磚塊砸到頭。

「啪。」

一打下去，我阿爸入院整整一個月，自此對工地產生陰影。任憑我祖父和大婆婆好說歹說，他打死也不願去上班。我阿爸整日抱怨頭痛欲裂，大婆婆再次日夜燉煮豬腦魚生，從那時候起我家廚房一直有種淡淡的騷味。

我祖父將自己自閉於書房內。

慢著，我們不是在說小叔叔嗎？怎麼說到這裡了？

阿，快了快了，我小叔叔快到了。說起來也是我阿爸病中的事。因為我祖父終於放棄管束，阿爸得到了出生以來未曾有過的自由。病中無事可做，阿爸的生活只剩兩個樂趣，這兩件事都會把我們帶回正軌。

首先，夜間我阿爸無止盡地補回新婚夫婦的進度。他們晚上不睡覺，每天睡到大下午才起床。大婆婆看阿爸終日腰痠腳軟，心下憂喜交加，嘴上又不好說破，只好加倍努力地埋首於廚房，燉出一盅又一盅的湯。

大婆婆和阿爸終於嘗到了努力的回報，過沒幾個月，我阿媽就懷了我。

或許是有了先前的經驗，祖父對於這個即將來臨的長孫沒有多作表態，倒是我大婆婆忙得更歡了。她每日清早上市場，回來就蹲在爐子前，排骨、豬腦、鱔魚、老母雞源源不絕地送進我阿爸阿媽房裡。靜止的日子又活絡了起來，全家人都努力想要壓抑心中太高的期待，蠢蠢欲動的新生卻讓他們騷動不已。

故事如同一切災禍，一旦開始就一個接一個的來，你擋也擋不住。大婆婆還沒從忙碌的快活裡享受夠，有一天廚房裡覺得頭昏腦脹，一屁股坐下去，就站不來了。幸好阿爸發現得早，急忙喊了祖父，兩人一起把我大婆婆送醫院去。醫院裡我祖父叨叨地責怪大婆婆不懂得照顧身體，罵兒子沒路用拖衰家，直到醫生轉達驚人的消息。

我大婆婆懷孕了。

十個月後我和小叔叔同時出生，林家的將來找到了兩條新出路。

家中兩個女人懷孕，我阿爸唯一的樂趣也沒了，終日無所事事。正巧我大婆婆孕期間羞於出門，他便自告奮勇地擔下了原來的工作。清晨，他拿著大婆婆的清單去買材料，回來就看著大婆婆燉煮藥湯，不時幫頭幫尾，切蒜頭剔腦膜，手藝因而日漸熟練。待我大婆婆肚子日漸漲大而行動不便，我阿爸開始全權負責一家大小的三餐。

我阿爸青出於藍，所有經過他手上的食材無不一一落在正確的味蕾上。他燉的豬腦湯毫無腥味，清淡中帶著滑膩的藥香，連祖父都忍不住多吃兩碗白飯。

阿爸發現自己眼前的世界前所未有地晶瑩剔透，一日他幡然醒悟，自己的才能不在建設國家，而在於庖廚之間。獲得天啟那天他買回一大疊的食譜，夜間挑燈研讀，大白天就在廚房裡乒乓作響。廚房牆壁上的油汙及騷味日益濃厚，阿爸的背拱起如熟練的中年廚婦。

到我大婆婆坐完月子後，阿爸不讓她回到廚房幫忙，嫌她礙手礙腳。那時我大婆婆只是覺得好笑，「教識徒弟沒師傅」她說。但我祖父對我父親的無能卻逐漸難以忍受：「好好的公司工不做，整天在廚房裡像什麼樣子？」

「也是兒子一番孝心。」

「孝心？林北花那麼多錢養出個火頭來叫孝心？」祖父在大婆婆面前大聲咆哮，我阿爸用力椿碎辣椒以掩蓋這些不安的雜音，暗中盤算自己的一番功業：等著吧，我要到吉隆坡去拜師，然後開一家自己的餐館。

我們還有時間，等著吧，我阿爸這樣告訴幼年的我。

二歲，我還未能理解同一種東西為何有三四種叫法，我小叔叔已精靈地學會人語，嶄露出同齡小孩所不能及的天才。祖父重新燃起希望，重心漸漸轉移到小叔叔身上。

我阿爸知道他久待的時機終於到了。

阿爸再次遠赴吉隆坡，拜在學生時代天天去吃飯的燒臘店門下。阿爸師傅的燒臘店在茨廠街裡，說是店，其實不過是通巷裡用帆布架個遮雨棚，隨便擺幾張桌子的小攤。攤子黑漆漆的毫不起眼，每到用餐時間卻擠滿了外帶的上班族、學生和家庭主婦。我阿爸年輕時偶然發現排隊人潮，好奇之下買了一盒燒鴨飯，誰知道才吃一口便驚為天人。鴨肉焦紅的脆皮帶著甜味，底下鋪著薄薄的油脂，咬下去滿口生香，半絲鴨肉的臭味也無。自此我阿爸成為天天排隊的死忠客，吃遍店裡賣的每樣菜色。

燒臘店師傅是香港來的頭手，據說在香港小有名氣，後來被重金延聘到吉隆坡的大酒樓去。這個老頭手功夫雖然了得，可是菸癮極大，脾氣又臭又硬，沒有幾年就換了七八個老闆，把吉隆坡所有酒樓經理都得罪光了。老頭手不甘心這樣灰溜溜地回港，一氣之下跑到茨廠街裡來，自己開檔去。

頭手老奸巨猾，攤子前長年用紅紙貼著「招聘學徒」的告示，用意不過是要找免費的勞工，絕不肯外洩半點私房絕技。許多慕名而來的學徒跟著他從早忙到晚，挨打挨罵當跑腿，卻什麼屁都學不到，做沒半年就紛紛走散。最後只剩下我阿爸。阿爸重振他作為偉人之後的堅毅意志，他像跟屁蟲一樣在頭手背後偷看偷學，看老頭手如何以針椿插破汆燙後的五花肉皮，暗中默記他調製醃鹽的成分與比例，練習紮結燒鴨封口的針法……

如此忍辱負重過了三年，阿爸盡得其真傳。

燒臘攤妨礙巷子通行，又沒有營業執照，雖然老頭手已經花錢打點好，但風頭緊的時候還是難免被取締。一日警察再次過來趕人封店，他們把桌椅碗盤搬上卡車，卻對一個兩米高的不銹鋼燒臘爐一籌莫展。那是燒臘生意必備的傢伙，只有那麼大的爐子才能懸掛起整塊的豬肉和醃鴨，讓熱力均勻施加於其上。高大的爐子被火熏得漆黑，裡面的水槽浮著豬鴨雞肉在燒烤間流出的油脂。

老頭手抽著菸，似笑非笑地看著三個警察拉動大爐子，爐腳在水泥地上刮過，油水從旁邊流得滿地都是。我阿爸看了心裡不舒服，忍不住想上前阻止。

「算了，不要得罪馬打。」老頭手說。

「爐子會壞的。」

「壞了就壞了，大不了就退休不做。」

「你要退休？」

老頭手聳肩，不置可否。

我阿爸偉人的直覺閃現，多內來隱伏在他體內的決策力瞬間復甦：「那不如你開個價，把店頭頂給我吧？」

老頭手直勾勾地盯著他看。

「你要的話，就給你吧。」老頭手彈彈菸灰，「不過也沒剩什麼值錢的。」

我阿爸指著爐子：「我要那個。」

接著他衝上前去，對氣喘吁吁的警員大呼小叫。

我阿爸終於有了自己的衣缽可以繼承。考慮到吉隆坡店面租金太貴，又要顧及原來的客源，我阿爸最後決定回到熟悉的通巷裡做生意。攤子的客人因為老頭手不在而流失了不少，好在城市裡人口流動率本來就高，舊客人們很快就忘了老頭手，我阿爸也漸漸累積了自己的新客人。

那段黑甜日子我阿爸忙得昏天暗地，難得回老家，也總是倒頭呼呼大睡，不然就在廚房裡練新菜式，極少跟家裡人說話。祖父經過廚房時經常冷言諷刺，我阿媽躁鬱症發作時也常質問阿爸是不是在吉隆坡包二奶，我阿爸卻一言不答。

阿爸沉默地面對這一切，堅韌不拔地建築自己預先畫好的藍圖。

我十三歲那年，祖父過世，我阿爸的夢想終於完成了。他拿著祖父留下的遺產，成功在茨廠街裡頂下一家店鋪，樓下是餐館，樓上就是我們的新家。阿爸功業初成，服喪期間仍掩蓋不住滿臉喜色。待百日一過，阿爸帶著我們一家搬到吉隆坡，把我轉到尊孔獨中去上學，從此我和小叔叔就幾乎沒見過面了。

不能怪我寡情，問題主要出在小叔叔身上。在祖父過世之後，小叔叔日漸低沉，每天把自己關在祖父的書房裡不出門。小叔叔把祖父的書一本接一本地看，剪報一本接一本地讀，後來看久就傻了，連學校也不太去。家裡人怎麼勸小叔叔他都不搭話，大婆婆只好跑到祖父剛建好的墳頭用力踹墓碑：

「種番薯你個老不死的，自己帶賽就好了，不要拖我兒子陪葬！」

我阿爸拉著大婆婆勸說：「小弟愛讀書，你就讓他去吧，我們家也好多出個大學生。」

我阿爸相信，這是所有少年偉人必然要經歷的特異階段。不管是我還是阿爸，我們都沒有機緣走這段路，阿爸為此感歎不已，果然在祖父眾多子孫裡面，只有小叔叔最有乃父之風。

因此在小叔叔消失那年，我阿爸一點都不擔心。

小叔叔是在十五歲那年離開的吧？他在深夜裡靜悄悄地消失了，離開的時候除了衣服和廚房裡的乾糧，什麼也沒有帶走。我們在發現滿布灰塵的側門把手上有淩亂的掌紋，門檻上的苔蘚被刮出一道白痕。

我們打開側門，發現後山的小徑已被野草吞噬，樹根蔓藤遍布。

祖父的書桌上只留下一張字條，上面寫著：「為國家做點事。」

大婆婆哭得撕心裂肺。

再次收到小叔叔的消息，是在他消失幾個月後。

那天大婆婆買菜回家，發現門前擺著一個大箱子。箱子裡放著一隻全身雪白的幼犬，連眼睛都尚未睜開，稀疏毛髮下隱隱露出粉紅肌膚。裝狗的盒子留下一張印著泰國風景的明信片，背後飛揚地寫著：「一切安好，勿念。」

即使是不識字的大婆婆，也馬上認出那是小叔叔的字跡。

幼犬在小盒子裡嗷嗷蠕動，我大婆婆聽一次哭一次。「阿國啊，阿國啊」，我爸收到消息回家的時候，我大婆婆只能哽咽地重複小叔叔的名字。深知道這樣折騰下去人犬都不是辦法，我阿爸只好將白犬帶回吉隆坡的家。

我們期待小叔叔卻出現了白犬，白犬就是這樣來到我們家裡的。

因為樓下就是店鋪，我阿爸怕衛生官員來鬧事，不允許我把小犬帶進室內。白犬怕生，來我們家的第一個晚上焦躁不安，在夜間頻頻低鳴如嬰兒哭泣。我坐在新家剛漆好的鐵欄邊，隔著門檻輕輕撫摸他發抖的身軀。我指尖穿過冰冷的鐵門，在小犬初生的細毛間爬梳，感到前所未有的溫暖。

良久，白犬蜷縮身子漸漸入睡。

在吉隆坡光芒偌大的深夜，小犬的幼毛微微反射着光。還好有白犬。我那時才剛轉到新的學校不久，功課繁重，我失去了小叔叔的幫忙，只好自立自強，每日提早到班上去抄同學的作業。天都還沒亮，少年時期的我就換了一身全白制服，還是隻小狗的白犬跟在我身旁，一人一犬兩道白濁身影，穿過吉隆坡的黑幽街道。

有時在路上我會想念小叔叔，偶爾也想起祖父。

幸好還有白犬。我和白犬，一起活在祖父不在的世界裡。

白犬是我們家最受寵愛的親人，我阿爸講求公平，家裡吃什麼都會平分他一份。白犬飯量極大，店裡賣不完的食物我們倒在碗裡，沒三兩下他就全部吃完，轉頭又緊貼著人的腳邊嗚叫。有時我在回家路上偷偷買冰淇淋，也會記得留一點給白犬嘗嘗味道，他舔著嘴唇，很滿意的樣子。

白犬迅速地吞食他能吃的東西，沒一會身形急劇漲大，幾個月就長成一風騷母狗。終日飽食讓她比附近任何一隻母犬還來得豐腴圓滿，公狗們走水，挺著出鞘的通紅龜頭群聚在我家店鋪前。

「啊，是母的？」我阿爸匱乏的童年讓他誤以為白犬胯下的條狀物是發育不完整的陰莖，如今他後悔不迭。阿爸嫌母犬麻煩，想要把她載到郊外丟掉算了。我抱著白犬哭哭啼啼地鬧，說找天帶去結紮就好，錢從我零用裡出。我哭得語不成調，鼻涕眼淚流滿白犬身上，白犬猶天真地舔舐我的手指。我爸喃喃地說，「你這樣像什麼樣子？」

在我存錢的時候，門前的野狗越來越多了。

犬群在豔陽下彼此毆鬥，自相殘殺，最強壯的勝利者圍著白犬的屁股打轉，急切地想要爬到她身上去。但我白犬不愧是名門之後，她堅貞不移，每每在關鍵時刻輕鬆掙脫瘦弱野犬的胯下，還轉過頭來反咬對方一口。我白犬似乎有著天生的奇異稟賦，雖然經常要面對公犬們的性騷擾，然而白犬並不與這些凡夫俗犬疏遠，相反，她自在地出入於野狗群間，運用自身的魅力死死地制住群犬。

當時我正值青春期，被門前的曖昧氛圍鬧得心慌意亂。我試著帶白犬到遠一點的地方散步，想要脫離群犬的糾纏。可是不管走到哪裡去，只要是白犬散步所經之地，背後總是跟著大批躍躍欲試的野犬，令我煩不勝煩。

一日我猛然發現，白犬已經成了眾狗的頭領，又因為白犬總是跟著我，我像是茨廠街群犬的統帥，走到哪都領著十來隻亢奮莫名的公狗。清晨，我們像軍隊一樣穿過茨廠街的巷弄，群狗在我後面翻騰嚎叫，他們露出尖銳齒爪，追逼路邊的肥大老鼠，嚇走在遠處觀望的外勞。白犬緊貼著我，我感受到前所未有的熱力在體內劈啪作響，我知道只要我一聲令下，路邊那些旁觀者生命的脈搏會隨之熄滅。

等等，我們是怎麼跑到這裡的？你原來想叫我講的是哪件事？

我祖父嗎？他的事情我已經不太清楚了，小叔叔被關進去後，我也很少去看他，這些過去的事情我都沒辦法說什麼。

你也不能怪我，故事不都是這樣的嗎？

故事總要開始，卻跌跌撞撞磕磕絆絆不知該往哪裡結束。

不過如果你想聽的話，下面當然還有啊，我可以跟你說我記得最清楚的結局。

白犬和她的軍隊被消滅的時候，我還在學校裡為初中統考補習。那時，白犬帶領犬群在茨廠街各家餐廳小攤旁吃飽喝足，順便把還沒吃夠苦頭的幾隻公狗打趴下，大伙懶洋洋地躲在巷內睡午覺。

我阿爸在店門前燒烤晚上要賣的燒臘，大火在爐子裡轟轟作響，掩蓋了車子的鬧聲，爐子裡溢出的肉香甜絲絲地充滿了群犬溼潤的鼻子。

野犬們安逸的日子過太久，竟忘了捕狗隊的氣息。

五個接到投訴已久的捕狗隊員拿著架子和勾索，他們封住街道，將驚醒的野犬們驅趕到窮巷裡去。野犬們驚慌失措，一一被套住脖子，掙扎著被塞到麻袋裡。只有我白犬迸發腎上腺素，她閃過重重索套，突破包圍拚命往店裡跑。

白犬她四腿間的肌肉靈巧彈跳，像雲一樣飛快地飄過街道。我阿爸從大爐子裡抬起頭，吃驚地看到白犬身後跟著兩部摩托車，兩個高大的男人用索套試圖勾住白犬。「等等！」我爸剛要這樣喊，捕狗隊員卻剛好追上，狠狠地在白犬後腳上敲了一記。

白犬吃痛往前跳，一躍撞上敞開的紅火爐子中。

「啪。」

爐子被撞斷了一隻腳，發出十分清脆的聲響。接著整個火爐傾斜倒地，地面澎地冒起一叢紅火，爐子裡的油水潰堤流竄，引導著大火向四面蔓延。大火吞吃桌椅、黑色套索、穿制服的捕狗隊員、非法外勞用油布搭起的棚架、盜版名牌包包、走過百年華教歷史的老學校、白色外牆裡面有著層層鐵路的火車站，剛好因為火車誤點而趕上災難的長途火車上的三百二十名乘客……

油火烈烈作響，旋即將整個吉隆坡吞噬，往上蔓延到雪蘭莪的工業區，引發幾場恢弘的爆炸，一瞬壯大成人，神采奕奕地向左轉入彭亨州的雨林，緩慢吸食數千年的綠蔭，舒坦地釋放出盤桓百年的煙靄，然後往下，伸展腳板踩到馬六甲，把被稱作福爾摩沙的仍無法磨滅的老古蹟一併收拾為焦土。吞噬萬物的紅火勃起肌肉，過去的一切都過去了，這裡的人從未見過如此巨大飢餓的火焰。

從雲層下看，馬來半島是一朵巨大的紅花。

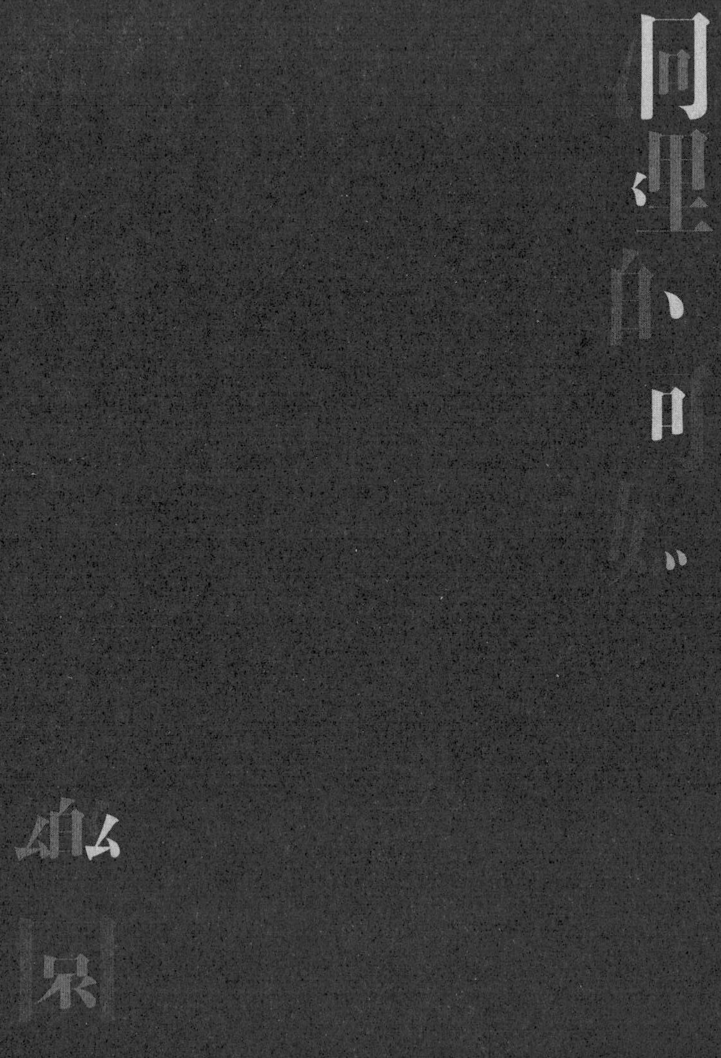

林語堂的打字

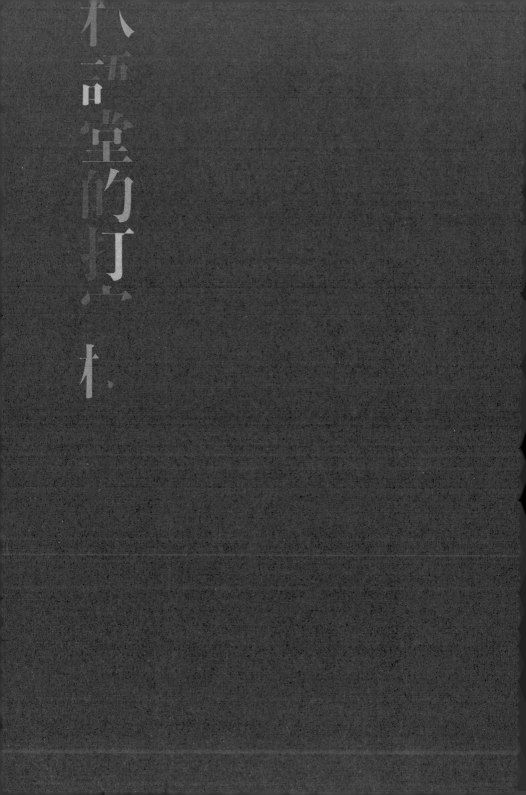

後記

這部小說集裡收入的七篇半小說，可以算作我寫作第一個十年的總結。

十年這個數字有特殊的意義，在這十年開始的時候，我才剛從馬來西亞來到台灣，住進林口山中的僑大。秋天，強風掠過茂密林木時發出海浪般的沙聲，冬天下雨，山中湧起前所未見的大霧。新世界正以迷濛姿態在眼前開展，因為無知所以勇敢的我，幾乎是蠻橫地選擇了文學，並且毫無理由的，決定要寫小說。

從十年後回望，這樣的故作姿態，多少帶有點尷尬但迷人的青春氣味。那之後搬到台北，空氣溼潤，我在沒完沒了的陰雨和好幾份工作的縫隙之間，開始散漫的修行。十年中經歷幾次動盪和轉折，最終卻還是帶著強烈的自我懷疑，離開學院找到新工作，又辭去了工作，又找到了新工作。

凡此種種，皆遠遠偏離了當初設定的航道，現在的我，大概會讓十年前剛到林口的我失望吧。

然而這或許也是一種成長。我鮮少感受到部分同儕和前輩們說的，那種有如神啟的書寫經驗。寫下這本集子中最後一篇小說時，我同時在寫畢業論文，並且辭去了工作，每日睡到中午以後才起床，埋首於棉被和電子檔之間，聽幾乎破掉的音樂，選擇性地滑著三種社群網站，閉目不看撼動心神的新聞，和那些貧瘠蒼白的文字持續纏鬥。

這些困難究竟源自何處？那為什麼還要寫，既然寫作讓我痛苦？我反覆這樣詰問自己。

也許是因為，我對太多事情感到困惑。比如原生家庭的創傷、比如身為華人的意義，書寫的技藝、無故降臨於人的不平之事……我滿腹狐疑，而小說是我唯一學會的提問方式。

要到很晚才意識到，這根本是請鬼拿藥單。我所找到的小說擅於模糊而非釐清，長於歧義而非定義，因此每當我嘗試用小說為問題找出答案，那些答案都誘導我走向更遠的問題。太多問題而太少答案，書寫因此艱難挪動，必須小心翼翼地變換不同的姿勢，反覆踩在同一個腳印上，以此一再探測腳下的土地是否堅實。

〼〼〼

也許問題出在我身上。

在台灣十年以後，我很可能已經逐漸遠離當初從家鄉帶來的問題，導致說，我如今所追捕的只是那些問題的殘影。我的意思是說，因為少年時期的教育嚴重匱乏，因此如果我對馬來西亞能有任何脫離個人經驗之外的認識，那幾乎全都來自於台灣。

這似乎有種波赫士小說的味道，我在台灣閱讀有關家鄉的史料與論述，在台灣學會書寫與指稱家鄉的技藝，我的馬來西亞因而早已無法和台灣經驗區隔。當然，我對這些訓練心存感激，但難免也有恐懼，擔心自己離家鄉的現實終究是越來越遠了。

遠方的現實如是，此地的現實亦如是。我清楚意識到，自己永遠不可能與你們（他們）相同。我因此經常對台灣讀者推崇的某些作者與作品，抱有複雜的情緒，台灣讀者善意的稱讚或批評，有時也讓我感到茫然不解。

我這樣說，大概不是出於孤憤嫉俗，而是因為，我們面對的終究是全然不同的問題。我羨慕你們攻堅那些問題的技法與身姿，然而似乎也僅止於此，對於這道門後的事物，我並不那麼感興趣，那畢竟是屬於你們的門鎖、你們的戰爭。

必須找到屬於我方的戰場、我方的問題、我方的語言。

設下這樣的目標以後，浸潤在這裡的經驗，同時成為優勢和阻礙。

必須一句一句檢視習以為常的語言，將之捏爛壓碎，重新開始牙牙學語。當然，和林口時期相比，我如今已經不再天真地追求澈底的拆毀與新創。我珍惜自己多年來收集的一切事物，我在眼前巨大的廢墟中徘徊，竭盡所能的邯鄲學步、東施效顰，用這樣的方式重新述說我方的故事。

至少，那是我希望能在這部小說裡做到的。

☐☐☐

一個問題的答案，總是誘導我們走向另一個問題：如果每個人都有各自的問題與答案，那誰還需要來自於我的，更多的、陌生的問題？這樣的寫作，究竟是為了誰？

前輩善意地警告：你不能帶著滿頭問題衝進小說，然後在小說裡再次迷失。

一開始我並不能理解這樣的意思，直到後來種種問題變得如此巨大。大疫、政變、鎮壓、日常的微小困頓，現實的世界每每令我的文字感到無力。

至此終於體悟，小說從來不應該背負解決我問題的責任。小說遠比我聰明，也遠比現實巨大，它原來便是為了跨越這樣的界限而存在。藉由隱喻和扮演，小說虛構毫不相關之物的關係，虛構你我的連接，如此它將掙脫個人與現實的局限，將「我的問題」變為「我們的問題」，讓帶著不同問題的我們在那裡相遇。

從這樣的後見之明來看，初到林口的我之所以選擇了小說，或許也是因為，在懵懂之中隱約意識到了這樣的可能。（對一無所知的少年巫師而言，究竟是他選擇了魔杖？還是魔杖選擇了他？）

遺憾的是，這種對小說的認知，似乎也不會讓我的寫作變得比較愉快。幸運的是這部小說集的完成得到許多人的幫忙。

首先是這本書的編輯祿存。我也曾經短暫當過編輯，然而就我對編輯工作的認識，祿存的誠懇與認真實在驚人。我自知自己的疏懶與驕傲，因此如果沒有他專業的建議、數杯咖啡的督促，這部小說必然還遙遙無期。

接著是柏言、佳機、寫作會與寫作坊的同儕、Hoydea中偶遇卻記不得名字的許多朋友、陳志信、黃錦樹、高嘉謙三位老師，還有我從未見過的林奕含。感謝他們向我揭示文學的樣貌，並且在我窮困的時候給予經濟上的援助，沒有他們的善意，這部小說不可能存在。

當然，最要感謝的人是嘉珊，伊的手跡遍布整部小說的內裡。

⧄⧄⧄

最後謝謝願意讀到這裡，與我共享問題的你們，我對你們眼中所見的風景深感好奇。

古事記

婚

OZ1

廢墟的故事

雙囍文學 05

作者　鄧觀傑（Teng Kuan Kiat）
責編　廖祿存
封面設計｜內頁版型　朱疋

社長　郭重興
發行人兼出版總監　曾大福
出版　雙囍出版／遠足文化事業股份有限公司
地址　231 新北市新店區民權路 108-2 號 9 樓
電話　02-22181417
傳真　02-22188057
Email　service@bookrep.com.tw
郵撥帳號　19504465
客服專線　0800-221-029
網址　http://www.bookrep.com.tw
法律顧問　華洋法律事務所　蘇文生律師
印製　成陽印刷股份有限公司
初版 1 刷　2021 年 06 月
ISBN　978-986-06355-0-8
定價　新臺幣 420 元

國家圖書館出版品預行編目(CIP)資料

廢墟的故事 / 鄧觀傑著 . -- 初版 . -- 新北市 : 遠足文化事業股份有限公司雙囍出版, 2021.06
304 面 ; 14.8×21 公分 . -- (雙囍文學 ; 5)
ISBN 978-986-06355-0-8(平裝)
868.757